아주 특별한 컬렉션

UNE COLLECTION TRÈS PARTICULIÈRE
by Bernard Quiriny

이 도서의 국립중앙도서관 출판예정도서목록(CIP)은
서지정보유통지원시스템 홈페이지(http://seoji.nl.go.kr)와
국가자료공동목록시스템(http://www.nl.go.kr/kolisnet)에서 이용하실 수 있습니다.
(CIP제어번호: CIP2017000718)

베르나르
키리니
소설

장소미
옮김

아 주
특별한
컬렉션

BERNARD
QUIRINY

UNE
COLLECTION
TRÈS PARTICULIÈRE

문학동네

일러두기

1. 원주라고 밝히지 않은 주석은 모두 옮긴이주다.
2. 본문 중 고딕체는 원서에서 이탤릭체로 강조한 부분이다.

차례

아주 특별한 컬렉션 (1)
글쓰기와 망각

1957년 로베르 마르틀랭은 자동차 사고로 중상을 입었다. 삼 개월간 입원했다가 퇴원했을 때 그의 체력과 지력은 돌이킬 수 없도록 쇠약해진바, 보험설계사로 복귀하는 것이 더는 불가능했 다. 가족은 그를 요양원에 보냈고, 그는 1979년 쉰넷의 나이로 죽을 때까지 여생을 그곳에서 보냈다.

차 사고로 입은 외상은 결코 회복되지 않았고 두뇌 기능도 손 상을 입었다. 무엇보다 기억력이 일부 크게 감퇴했다. 날짜라든 가 역사적 사건이라든가 그가 안내인을 대동하고 종종 산책을 나가는 요양원 주변의 구불구불한 산들이 표시된 지도 같은 것 들은 매우 또렷하게 기억하는 반면, 가족의 존재는 (마치 자신이 하늘에서 뚝 떨어지기라도 했다는 듯) 전혀 기억하지 못했고, 특히나 걸핏하면 자신의 이름을 잊는 통에 아침마다 새로이 일러줘야 했다.

마르틀랭은 매주 목요일 요양원 강당에서 상영하는 영화의 열혈 관객이었으며, 도서관을 수시로 드나드는 꾸준한 열람자였다. 그의 머릿속에는 영화나 책의 줄거리가 일반적인 수준 이상으로 정확하고 완벽하게 입력되었다. 또한 몇 주 전에 읽기 시작한 책을 다시 펼쳐들어도 중간에 끊긴 적이 없다는 듯 앞부분을 다시 읽을 필요도 없이 이미 읽었던 쪽을 대번에 기억했다. 사실 그의 괴이한 기억장애는 그가 읽는 것들보다는 쓰는 것들과 관련이 있었다. 요컨대 마르틀랭은 자신이 직접 쓴 작품들에 대한 기억은 하루를 넘기지 못하고 잊었다. 밤이 모든 것을 지웠다. 월요일에 몇 쪽을 끄적거렸다가 화요일에 발견하고는 어리둥절해하며 자신이 쓴 것임을 극구 부인하는 식이었다. 기억에서 자신의 창작물을 완전히 몰아내고 직접 쓴 문장을 몰라보려면 잠을 자면 그만이었다. 심지어 오후에 깜빡 졸기만 해도 오전에 작업했던 것을 잊는 지경이었다. 글쓰기는 그가 요양원에서 가장 즐기는 소일거리이자 유일한 취미였고 나아가 그의 존재 이유라 할 법했기에, 이 기억장애는 그에겐 가히 하늘이 무너지는 비극이었다.

매일 아침 마르틀랭은 책상에서 자신이 전날 종이들이 까매지도록 끄적거린 원고를 발견했다. 필체는 분명 자기 것임을 알아보았지만 작가가 자신인지에 대해서는 의아심을 영 떨치지 못했다. 간호사가 글쓰는 모습을 두 눈으로 똑똑히 보았다며 그가 창작자임을 확인해주어도 마르틀랭은 그저 어안이 벙벙할 따름이었다. 그는 원고가 썩 괜찮긴 하지만 자기라면 이렇게 쓰지 않았을 것이며, '자기 스타일이 아니'라고 생각했다. 하여 어김없이 원고를 구겨버리고 완전히 새로 시작하기 위해 새하얀 백지를 꺼내들었다.

요양원 사람들은 그를 '금붕어'라 부르며 빈정거렸다. 금세 모든 것을 잊고 어항 속을 끊임없이 맴도는, 기억력이 형편없는 금붕어에 빗댄 것이다. 하지만 자신의 장애를 인식하지 못하는 마르틀랭은 지치지도 않고 매일 아침 똑같은 열정과 똑같은 마음가짐으로 새로이 집필에 착수했다.

마르틀랭에게 흥미를 느낀 요양원장 페르디에는 마르틀랭이 그날그날 쓴 원고를 매일 밤 가져오게 했다. 다음날이면 마르틀랭은 원고의 존재조차 모를 테니 그가 자신의 원고를 찾을 염려는 없었다. 그렇게 일 년 가까이 흐르자 페르디에의 수중에 350편 남짓한 소설의 도입부가 모였다. 개중에는 매우 고무적인 작품들도 섞여 있었지만(마르틀랭은 재능이 없지 않았다), 하나같이 어쩔 수 없는 미완성 작품이었다. 이따금 페르디에가 마르틀랭에게 원고들을 건네며 이어서 써보라고 넌지시 권유했지만 작가는 번번이 자기 스타일이 아닐뿐더러 자기가 쓴 것이 아니라고 주장하며 차라리 다른 소설에 착수하는 쪽을 택했다.

무산될 운명을 타고난 소설들의 도입부에 마르틀랭의 천재성이 소진되는 것을 못내 안타깝게 여긴 페르디에는 기억이 허용된 기간 내에 완성할 수 있는 보다 짧은 형태의 작품을 쓰는 쪽으로 마르틀랭을 유도했다. 마르틀랭이 가치 있는 무언가를 생산하기 위해서는 어떤 형태건 반드시 하루 만에 글을 마쳐야 했다. 페르디에는 마르틀랭에게 기 드 모파상이나 에드거 앨런 포의 단편이라든가 하이쿠*를 읽히며 영감을 얻게 했고, 단편이나 단시를 훈련할 수밖에 없도록 종이란 종이를 모두 압수한 뒤 하루에 딱 다섯 장씩만 내주었다.

마르틀랭은 페르디에의 조치에 반발하며 이따위 조건에선 글을 쓸 수 없다고 버텼지만, 결국 창작 욕구에 떠밀려 짧은 형태로 전향하는 것을 억지로 받아들였다. 그는 야망을 줄여, 착상에서

---

* 5, 7, 5의 3구 17자로 구성된 일본 고유의 단시.

부터 집필과 퇴고까지 하루 만에 거뜬히 마칠 수 있는 두세 쪽가량의 짤막한 작품들을 쓰기 시작했다. 페르디에는 날이 저물기전에 중단된 원고들은 모조리 허사로 돌아간다는 것을 잘 아는까닭에, 마르틀랭이 산만해지기라도 할라치면 생각을 끝까지 밀어붙이도록 간호사를 시켜서라도 강제로 의자에 붙들어 매놓았다.

그렇게 해서 마르틀랭은 방법을 터득했고 아마추어 작가 경력최초로 원고를 매듭짓게 되었다. 몇 달 뒤 페르디에는 사십 편 남짓한 완성된 단편들을 확보했고, 자랑스러운 마음에 문학적 완성도가 수준급인 이 단편들을 동료들에게 읽게 했다. 그는 심지어단편집 출간까지 고려했지만 마르틀랭이 내켜하지 않자 단념했다.

요양원장의 당혹감을 배가한 기이한 현상이 나타난 것은 이즈음이었다. 페르디에의 영향으로 마르틀랭은 계속해서 매일 단편을 썼고 스물네 시간 후에는 자동으로 잊기를 되풀이했다. 그런데 그가 매일 쓰는 단편들이 점차 엇비슷해지기 시작했다. 페르디에는 혹시 마르틀랭이 매일 똑같은 이야기를 쓰는 것은 아닌지자문했다. 마르틀랭의 증세가 호전되어 전날 썼던 원고의 대략적인 내용을 기억하는 것이 아닐까 하는 생각이 언뜻 스쳤다. 하지만 아니었다. 마르틀랭은 여전히 아무것도 기억나지 않는다고 주장했고 정밀검사 결과도 그의 주장을 뒷받침했다. 그럼에도 현실은 그게 아니었다. 페르디에가 매일 밤 마르틀랭이 전날 쓴 원고와 그날 쓴 원고를 비교해본바, 날이 갈수록 두 원고 사이의 차이가 희미해졌다. 초기에는 똑같지 않았던 처음 몇 문장이 몇 주가 지나자 하나로 고정되는가 싶더니, 급기야 마르틀랭은 전날 썼던 것임을 기억하지 못한 채(이것은 문장을 숱하게 삭제한 흔적으로도 알 수 있었다) 똑같은 문장들을 토씨 하나 틀리지 않고 되풀이했고, 나중에는 몇 문장이 아니라 아예 문단 전체가 고정되기에 이르렀다. 날이 갈수록 마르틀랭이 쓰는 이야기는 분량이며 전개며 결말이 일정한 한 가지 형태로 굳어졌다. 그는 그나마 변주된 부분들도 갈수록 줄어드는 엇비슷한 이야기를 매일 써댔다. 하루하루 점점 흡사해지는 마르틀랭의 글은 페르디에가 '최종 텍스트'라고 이름 붙인 일종의 이상, 지난 수년 동안 작가 본인도 의식하지 못한 채 지향했던 이상에 가까워지고 있었다.

이 현상이 뚜렷해짐에 따라 페르디에는 마르틀랭에게 탄복을 금치 못했다. 여태껏 환자로만 여겼던 마르틀랭이 이제는 작가로 보였다. 그것도 그냥 작가가 아니라 머릿속을 맴도는 텍스트에 어쩔 수 없이 이끌려 마침내 완전무결한 형태의 작품을 써낸 후에야 비로소 평온을 느끼는 절대적인 작가였다. 만일 '최종 텍스트'를 찾아낸다면 그다음은? 페르디에는 자문했다. 마르틀랭은 글쓰기를 멈출 것인가? 아니면 죽을 때까지 매일 똑같은 원고들을 복제할 것인가? 만일 이 이상적인 텍스트가 접근 불가능한 것이라면, 마르틀랭은 완벽한 접점에 결코 이르지 못한 채 하루하루 접점에 가까워지는 접근선만을 끝없이 그릴 운명이리라⋯⋯

페르디에는 마르틀랭이 전날 쓴 것과 정확히 일치하는 이야기를 쓰게 될 날을 기다리며 경건한 마음으로 마르틀랭의 글을 완독했다. 마침내 그날이 왔다고 믿은 적도 부지기수였다. 하지만 두 원고를 주의깊게 비교해보면 숨은그림찾기처럼 달라진 단어 한 개 또는 문장부호 한 개가 늘 발견되었다. 그럴수록 페르디에는 이제 거의 목표점이 보이니 노력을 늦추지 말아야 한다며 마르틀랭을 다독였고, 요양원장의 말뜻을 통 이해하지 못하는 마르틀랭은 멀거니 그를 바라보다가 이내 등을 돌려 연필을 깎고는 다시 집필에 들어갔다.

마르틀랭이 차이가 미세한 그만그만한 원고들을 매일 생산해내던 시기인 1975년, 페르디에가 갑작스러운 사고로 사망했다.

그로부터 채 일 년이 지나지 않은 어느 날, 환자는 마침내 요양원장이 바라던 목표에 도달했다. 1976년 3월 15일, 마르틀랭은 전날 것과 토씨 하나까지 똑같은 원고를 제출했다. 16일, 17일에도 마찬가지였고 한 달이 다 되도록 원고는 한결같았다. 같은 도입부, 같은 결말, 같은 단어, 쉼표의 위치까지. 진정한 데칼코마니요 복사본이었다. 페르디에의 후임인 오뱅은 전임자의 놀라운 통찰력을 확인한바, 그와의 약속대로 『신경학 저널』*에 기고할 마르틀랭 사례 연구 논문의 집필에 착수했다. 페르디에가 준비해둔 무수한 초고들을 참조하고 마르틀랭의 소설을 참고자료로 첨부했다.

잡지가 발행되던 날, 마르틀랭은 평소대로 소설을 쓰기 시작했다. 1976년 3월 15일 이후 동일한 이야기를 이미 608번이나 쓴 터였고, 수년 이래로 그럭저럭 수천여 개의 소설 도입부를 구상해온 셈이었다. 간호사들이 마르틀랭에게 『신경학 저널』을 보여주며 축하해주었다. 그는 그날의 영웅이었다! 마르틀랭은 반신반의하며 오뱅의 논문과 활자화된 자신의 소설을 건성으로 훑고는 잡지를 탁 덮더니 다음과 같은 경악스러운 평가를 내렸다. "제법이긴 한데 이건 내 스타일이 아니오. 나라면 다르게 썼을 거요." 그러고는 일일 할당량인 다섯 장의 종이에 다시 한번 동일한

---

*Journal of Neurology. 유럽 신경학협회에서 발간하는 국제 신경학 저널.

원고를 쓰기 시작했다. 이 똑같은 작업은 1979년 그가 사망할 때까지 끊임없이 되풀이되었다.

*

이 이야기는 굴드가 '글쓰기와 망각'이라는 주제로 강연했을 때 서두로 꺼낸 일화였다. 그는 다른 일화들도 잔뜩 비축하고 있었고 우리가 간간이 출간을 권유하면, 주제에 영향을 받아서인지 글로 작성하는 것을 늘 잊어버린다고 응수했다. 자신의 농담에서 힌트를 얻었는지 굴드는 오바뉴에서 자영업을 했던 19세기 단편소설가 로르강의 일화를 끄집어냈다. 로르강은 독서량도 많지 않고 상상력도 빈약한 사내였다. 요컨대 문학에 관심이 없었다. 그는 예술가나 지식인을 백안시했고 그보다는 행동하는 사람들을 흠모했으며, 글쓰는 일을 거드름스러운 시간 낭비라 여겼다. 그러던 그가 서른다섯 살에 별안간 떠오른 영감에 이끌려 출중한 단편들을 쓰게 되었다. 친구들이 크게 놀란 것은 물론 그 자신도 자기가 대체 무엇에 씌었던 것인지 의아할 따름이었다. 로르강은 자신의 원고를 마르세유의 한 기자에게 보였고, 기자는 그를 파리에 있는 출판사와 연결해주었다. 1878년, 『지중해 작은 만의 이야기들』이라는 단편집이 서점에 깔렸다. 로르강은 신바람이 나서 구름 위를 떠다니는 기분으로 몇 주를 보내며 본격적인 문인의 삶을 꿈꿨다. 그는 곧바로 새 책을 쓰리라 마음먹은 채 영감이 떠오르기를 기다리는 동안 본업으로 돌아갔다.

그런데 이 본업이 어찌나 번창했던지 온통 정신을 빼앗겨버렸고, 얼마 못 가 로르강은 자신의 단편집을 까맣게 잊었다. 문학은 그의 머릿속에 들어왔을 때와 마찬가지로 슬그머니 빠져나갔고, 그는 결코 새 책을 다시 쓰는 일 없이 사업에서 크나큰 성공을 거두었다.

로르강은 일흔다섯 살에 아내를 여의자, 살던 집을 아들에게 물려주고 해안에 여생을 보낼 빌라를 마련했다. 이사를 하던 중 전에 출판사에서 증정한 『지중해 작은 만의 이야기들』 열 권을 발견한 그는 어안이 벙벙해졌다. 한때 자신이 작가였다는, 적어도 작가가 되려는 야심을 품었다는 기억이 되살아났다. 그는 감회에 젖어서 책을 펼쳐 처음 두 편의 단편을 읽고는 정직한 글이라고 생각했다. 어떻게 작가 경력을 이토록 까맣게 잊을 수 있었을까? 이 발견으로 그는 깊은 충격에 빠졌다. 잃어버린 시간을 따라잡을 수 있을지, 사십 년 남짓 잊어버리고 쓰지 않은 작품을 얼마 남지 않은 여생 동안 완성할 수 있을지 의문이었다. 로르강은 돌연 열에 들떠, 완성된 원고 하나를 손에 쥐기까지 휴식은 없다는 각오로 빌라에 틀어박힌 채 작품의 주제를 쥐어짜는 데 골몰했다. 두 달 뒤, 불면의 밤들로 쇠약해진 로르강은「젊은 작가들에게 던지는 충고」라는 아이로니컬한 제목의 두서없는 초고를 남긴 채 세상을 떠났다. 이 초고에는 다음의 간단한 문장이 담겨 있었다. "무엇보다 중요한 것은, 쓰는 것을 잊지 않는 것이다."

*

굴드가 보유한 컬렉션의 또다른 본보기인 마티외 망델리외는 로르강과 정반대의 경우였다. 망델리외는 자신이 쓴 것을 필사적으로 잊고자 했으나 뜻을 이루지 못했다. 1910년 브뤼셀에서 태어난 그는 매우 이른 나이부터 사회적 관습을 경멸하고 자유분방한 성적 취향을 드러내는 소설들을 발표했다. 평단과 대중의 지탄에도 망델리외는 외려 흐뭇해하며 이를 자신이 바른길로 가고 있다는 증표로 해석했다. 그는 1936년에 세계 여행을 떠났고 여행이 삼 년 가까이 지속되자 인생이 갖가지 사건과 사고로 얼룩졌다. 콩고에서는 사냥을 하다가 부상을 입었고, 아메리카에서는 싸움에 휘말려 옥살이를 했으며, 인도에서는 피부병에 전염되는 바람에 체류 기간 내내 지독한 가려움에 시달려야 했다. 그는 매달 친구들에게 편지를 보내 자신이 겪은 모험과 전복적인 사상을 전했다. 1939년 브뤼셀로 돌아온 망델리외는 상상할 수 있는 온갖 에로틱한 모험담을 곁들인 여행기를 출간해 사회에 다시 한번 물의를 일으켰고, 음란죄로 고소당한 재판에서 가까스로 승소해 위기를 모면했다.

하마터면 옥살이를 할 뻔했던 이 법정 싸움에 식겁했던 것일까? 이 사건 직후 망델리외는 홀연 자취를 감췄다. 수년간 그의 소식을 들은 사람이 아무도 없었다. 심지어 가장 가까운 친구들조차 소식을 몰랐다. 소문이 떠돌았다. 그가 유럽을 떠나 뉴욕에서 그림을 그린다거나 부유한 러시아인 상속녀와 결혼했다거나 황금을 찾아 남아프리카로 떠났다거나 하는 따위였다. 실상은 소문보다 덜 화려했다. 망델리외는 신을 만났고 프랑스 북부의 한 수도원에 은거해 있었다. 육 년간의 칩거 뒤, 그는 조용히 살 것을 맹세하고서 브뤼셀 근처 농촌 마을 브라방에 정착해 농사를 지으며 독실하고 간소한 삶을 살았다.

망델리외는 새로운 삶 속에서 대체로 내면의 평온을 유지하며 젊은 날의 죄악—특히 자신의 저서들—이 현재의 천복으로 향하는 에움길이었다고 여겼지만, 더러 신경이 극도로 예민해질 때면 자신이 신교도의 이상에 거의 부합하지 않는 음란하고 불경한 책을 썼다는 사실을 못 견뎌했다. 그는 자신의 책을 모조리 찾아 파기하기 위해 전국 방방곡곡을 뛰어다니다가 종국에는 고서적상에서 오열을 터뜨렸다. 미심쩍은 얼굴로 그를 끌어안고 위로해주는 서적상에게 그가 털어놓은 자신의 비극은 이러했다. 내가 쓴 것들을 잊을 수만 있다면, 내 고행자의 삶이 얼마나 행복하겠느냔 말이오!

*

굴드는 늘 엔리케 폴사노의 사례를 거론하는 것으로 망각에 대한 강연을 마무리했다. 폴사노는 1930년대 말 독자들이 자신의 소설을 읽은 뒤 내용을 깡그리 잊는다는 사실을 알게 되자 자살한 스페인의 이류 작가였다.

추리소설인 그의 초기작들은 만듦새가 그리 형편없진 않았다. 이 소설들은 읽은 뒤 몇 시간이 지나면 잊혔지만 어쨌거나 읽는 도중에 잊히지는 않았다. 문제는 그의 다음 작품들이었다. 사회문제까지 끌어안은 이 작품들은 읽는 즉시 내용이 잊혔다. 굴드에 따르면 "재고在庫의 극소화에 따른 망각"이었다. 예컨대 3쪽을 읽고 있으면 2쪽은 읽었다고 말할 수도 없게 기억나지 않았고, 4쪽을 읽을 때는 3쪽을, 5쪽을 읽을 때는 4쪽을 잊어버리는 식이었다.

굴드가 정리했다. "폴사노와 마르틀랭 간에 유사성이 전혀 없지는 않아요. 폴사노는 쪽이 넘어감에 따라 독자가 바로 잊어버리는 소설을 썼고, 마르틀랭은 하루를 넘기면 본인이 쓴 것을 본인이 잊어버리는 소설의 도입부를 썼으니까. 같은 문제의 두 변주라고 할까요. 하지만 마르틀랭에게는 페르디에가 짧은 소설을 쓰라고 독려하며 해결책을 제시한 반면, 폴사노에게는 아무도 도움을 주지 않았지요. 그에게 허용된 독자들의 관심이 한 쪽을 넘기지 못한다면 한 쪽짜리 글들만 쓰면 되었을 텐데 말입니다."

생각에 골몰해 침묵하던 굴드가 내게 고백했다. 강연을 할 때마다 자신도 폴사노 증후군에 사로잡혀 등골이 오싹거린다는 것이었다. 자기는 계속 말을 쏟아내는데 청중은 그때그때 듣고 잊어버리는 것은 아닌가 하는 의혹이 든다면서. 하지만 굴드는 강연이 끝난 후 자신의 우려를 반박하는, 번번이 더욱 우렁차고 열광적인 청중의 박수 소리를 들으며 평온을 되찾았다.

열 개의 도시 (1)

슐레지엔*의 고란

고란에서는 폴란드어에서 파생한 엇비슷한 세 가지 언어가 통용된다. 이 세 언어는 고유명사 전체를 포함한 90퍼센트의 단어들이 동일하다. 유일하게 뚜렷한 차이점이라면 동사 변화 정도와 몇 가지 동사뿐이다. 따라서 모든 폴란드어 사용자들은 원류인 폴란드어와 차이점이 거의 없는 이 세 언어를 알아들을 수 있다. 고란과 바르샤바와 카토비체에서는 대체로 같은 언어를 사용한다. 하지만 정작 고란에서는 주민들끼리 서로의 언어를 이해하지 못한다. 세 언어 모두 거의 똑같은 방식으로 말하고 쓰는데도 불

---

* 애초에 폴란드령이었지만 오늘날에는 폴란드, 독일, 체코슬로바키아, 세 나라에 걸쳐 있는 지역.

구하고, 서로의 언어를 이해하는 데 대한 정서적인 거부반응 때문에 각자의 언어만을 말하는 것이다. 수학적으로 풀이하자면 고란에서는 추이율을 거스른다고 할까. 즉 P를 폴란드어 화자라고 하고 고란에서 통용되는 세 종류의 언어를 각각 g_1, g_2, g_3라고 할 때, P가 g_1, g_2, g_3를 죄다 무리 없이 이해한다면($P \approx g_1$, $P \approx g_2$, $P \approx g_3$) g_1, g_2, g_3 화자들 간에도 의사소통이 가능해야 하는데($g_1 \approx g_2 \approx g_3$), 고란에서만은 예외니 말이다. 굴드는 작년에 고란에서 며칠 머물고 돌아와 이 기묘한 상황에서 비롯된 몇 가지 진풍경을 상세히 그려 보였다.

"고란에서는 거리 표지판, 간판, 메뉴판 할 것 없이 모든 걸 세 언어로 표기해요. 하지만 세 언어가 거의 똑같다보니 표기도 중복되기 일쑤죠. 예를 들어볼까요?

시청의 박공을 보면 '메로스트보, 메로스트보, 메로스트보'라고 쓰여 있어요. '시청'이라는 뜻인데 세 가지 언어로 표기한 거지요.

도로를 달리는 스타디움행 버스엔 '스타디온, 스타디온, 스타디온'이라는 방향 표시가 있고요.

식당 메뉴판엔 '릐바, 릐바, 릐바'(생선), '쿠르착, 쿠르착, 쿠르착'(닭고기), '스쥔카, 스쥔카, 스쥔카'(햄)라고 쓰였어요.

이런 식의 예들이 끝도 없어요. 세 단어가 다른 경우는 극히 드물죠. 그런데도 세 언어 중 혹여 하나라도 표기돼 있지 않으면 해당 언어를 사용하는 사람들은 불안에 떨면서 아무리 읽어도 모르겠다고 난리를 피웁니다. 자기들이 실제로 사용하는 단어가 버젓이 두 개나 쓰여 있는데도 말이에요! 어느 날인가는 병원을 찾는 한 남자와 마주친 적이 있어요. 마침 '쉬피탈, 쉬피탈'이라고 쓰인 표지판 앞에 서 있더군요. 그것으로 충분한 정보가 되었을 텐데, 웬걸, 그게 아니었어요. 자기 언어로 쓰인 '쉬피탈'이 없다는 거였어요. 남자는 표지판을 알아보기를 거부한 채 불안에 떨면서 열심히 사전을 뒤졌어요. 그곳에서는 다들 늘 사전을 지니고 다닙니다. 그러고는 행인들을 붙잡고 절망 어린 눈빛으로 그 '쉬피탈'이 정말 자기가 쓰는 언어의 '쉬피탈'인지 묻더라고요.

　이런 형편이다보니, 기탄없이 말씀드립니다만, 고란에서는 삶 자체가 그야말로 스펙터클이었어요. 거리(울리차, 울리차, 울리차)에서는 사람들이 똑같은 세 가지 언어로 말하면서도 서로 못 알아듣는가 하면, 시장(릐네크, 릐네크, 릐네크)에서는 허풍쟁이 상인들이 자기들 상품의 장점을 똑같은 말로 세 번이나 과장해서 떠벌리고, 라디오(라디오, 라디오, 라디오)에서는 앵커들이 똑같은 세 언어―뉘앙스도 거의 비슷해서 훈련되지 않은 귀로는 절대 차이점을 구별할 수 없어요—로 교대로 뉴스를 전하죠.

제 친구 예시가 들려준 자기 가족 이야기는 또 어떻고요. 이 친구 집의 이층에는 조부께서 기거하시는데, 노인들이 더러 그렇듯이 어르신도 세 언어를 전부 하셨어요. 해서 욕을 하실 때는 각별히 주의를 기울여 손자들이 모르는 언어를 사용하셨죠. 욕설은 세 언어 모두 공통이건만, 제 친구네 집에선 할아버지가 다른 언어로 욕할 때는 어르신 본인 외엔 알아듣는 사람이 아무도 없었습니다. 결국 예시와 형제들은 학교에 가서 친구들과 어울리면서 비로소 욕설을 배우게 됐죠. 그 욕설이, 태어나고 자라는 내내 벽 너머로 들려오던 성마른 할아버지의 고함과 똑같다는 것을 전혀 눈치채지 못한 채 말입니다."

굴드는 고란 지역의 광영光榮인 다비드 보예부즈키(1900~1973)라는 시인에 대해서도 이야기했다. 시인의 작품들은 폴란드 전역에서 읽혔다. 폴란드인들은 자국의 언어와 이따금 차이점을 보이는 작가의 언어적인 특징에 친숙해졌다. 보예부즈키는 작품을 통해 자신의 고향 마을과 고향을 둘러싼 시골 풍경을 노래했으며, 영원히 고향에서 살고 싶고 죽어 혼령이 되어서도 고향 마을을 떠돌고 싶다고 노래했다. 고란에서 보예부즈키는 민중의 열렬한 사랑을 받는 일종의 영웅이다. 역설적인 것은 고란 주민

셋 중 둘은 보예부즈키의 작품을 전혀 이해하지 못했다는 것이다. 해서 그의 작품을 읽기 위해서 작가가 사망한 지 사 년이 지난 1977년에 작가의 시 전집이 다른 두 언어로 번역될 때까지 기다려야 했다. 오늘날 보예부즈키의 작품은 열 단어 중 아홉 단어가 똑같은 세 언어로 수록된 멋진 전집으로 만나볼 수 있다.

우리의 시대 (1)

언젠가부터 우리가 사는 세상의 모든 것이 더는 순조롭지 않다. 매일 새로운 현상이 나타나고, 매주 우리 사회는 더한층 미쳐 돌아간다. 다음은 최근에 세상을 뒤흔든 대변혁 중 몇 가지.

　　―집단적 부활

　　―원하는 이름을 가질 자유

　　―섹스를 통한 육체의 교환

　　―수평적 현실의 문제적 교차

　　―지구 표면의 불가해한 확장

　　―젊어지는 묘약의 발견

*

사후에

2월 2일, 명성이 드높았던 장비에 경찰서장이 암으로 투병하다 파리의 생탕투안 병원에서 향년 육십 세를 일기로 사망했다. 그다다음 날, 고인은 사택이 있는 고향 마을 욘의 공동묘지에 안치되었다. 장관이 장례식에 참석했고 대통령 관저 엘리제궁에서 화환을 보냈다. 장비에의 동료들은 깊이 애도하며 관례에 따라 외딴 농가들까지 울려퍼지도록 총포를 쏘아올리며 고인을 기렸다.

엿새 후, 장비에는 상스와 오를레앙 사이의 60번 고속도로에서 지나가던 트럭을 얻어 탔다. 그가 운전사에게 자신이 지난주에 죽었다는 것을 설명하려 했지만 상대방은 코웃음으로 대답을 대신하고는, 장비에가 묻혔다고 주장하는 마을에서 5킬로미터 떨어진 곳에 그를 내려놓았다. 장비에는 아내에게 무어라 얘기해야 할지 고민하며 터덜터덜 길을 걸었다.

장비에의 귀환은 일대 충격을 불러일으켰다. 주민들의 신고를 접수한 경찰이 귀환자를 심문한 뒤 경찰서로 데려가 진술서를 작성하고는 혼란이 가시지 않은 상태에서 즉시 도지사에게 전화를 걸어 사실을 보고했다. 도지사는 문제의 객관적인 정황을 파악한 뒤 경찰들과 묘지로 향했다. 무덤을 조사해보니, 과연 비어 있었다. 도지사는 총리실과 협의를 거쳐 옥세르에서 즉석 기자회견을 열고 넋이 나간 기자들에게 장비에 경찰서장이 죽은 자들 가운데서 다시 살아났음을 알렸다. 그날 저녁 이 충격적인 뉴스가 신문이란 신문의 일면을 일제히 장식했다.

장비에 사건은 줄줄이 이어지는 유사 사례들의 시초였다. 부활 전염병이 프랑스 전국을 강타하더니 날로 창궐했다. 관련 부처의 통계에 따르면 3월에 사망한 6004명 가운데 4월에 살아 돌아온 사람이 35명이고, 4월에 사망한 4065명 가운데 5월에 살아 돌아온 사람은 200명, 5월 사망자 5000명 중 6월 부활자는 999명이었다.

통계학자들이 통계표의 급격한 포물선을 추정한 결과, 이대로 가다가는 몇 달 내로 부활자가 폭발적으로 증가해 그 수가 거의 사망자 전원에 이르리라고 전망했다. 그사이 선택받은 행운아들은 뜨거운 관심의 대상이 되었다. 국민들은 이들에게 두려움과 일종의 경탄이 뒤섞인 시선을 보냈다. 다수의 사람들이 다시 태어나는 것을 어떤 초월적인 힘이 웅장한 목표를 이루기 위해 부여한 특권이라고 여긴바, 해당자들을 특별한 능력을 갖춘 비범한 인물로 간주했다. 부활자들은 우쭐한 한편으로 다소 거북스러웠다. 자신들의 이승 귀환이 우연인지 아니면 정말 자신에게 특출한 무언가가 있는 건지 확신이 서지 않았다. 이들 중 어떤 이들은 부활을 위해 특별히 노력한 것이 전혀 없으니 조용히 내버려둬달라고 요청했고, 또 어떤 이들은 겸손을 가장한 태도로, 부활은 어려운 게 아니다, 그저 건강한 생활습관을 유지하고 충분한 수면을 취하면 된다고 설명했다. 이에 자극받은 수백만의 프랑스인들이 유언장에서 화장을 명시한 부분을 철회했다. 그도 그럴 것이 시신을 불태우면 사망한 후 다시 살아 돌아오지 못할 것을 우려한 까닭이었다.

*

이 현상이 보편화되기까지는 채 육 개월이 걸리지 않았다. 사람들은 이제 사망한다 하더라도 두번째 삶이 남았다고 생각하게 되었고, 오늘날 이 두번째 삶은 모두의 의식 속에 저금해둔 돈처럼 자리잡았다.

그리하여 사람들은 가까운 이들의 죽음에 더는 눈물을 흘리지 않았다. 눈물은커녕 망자와 언제 다시 만나게 될지 궁금해하기 바빴다. 아내를 여읜 남편들은 아내가 귀환하기를 기다리는 동안 여자친구들과 시시덕거리며 즐거운 시절을 보냈다. 장례식에 참석하는 사람들도 더는 없었다. 친구에게 마지막 인사를 하는 것이 불필요하다고들 여겼다. 다가올 여름휴가 여행을 함께 떠나게 뻔한 마당이었으니 말이다. 오직 노인들만이 전통을 지키기 위해 계속해서 장례식장을 찾았다. 노인들에게 장례식은 못 보던 사람들을 한꺼번에 만날 수 있는 기회였다.

일중독자들은 의사가 휴식을 권고하면 부활을 핑계삼았다. 죽을 때까지 일하다가 다음 생에서 건강관리를 하겠다는 것이었다. 거꾸로 향락주의자들은 삶이 두 개라면 일하는 삶도 있고 즐기는 삶도 있을진대, 그 순서를 정하는 것은 본인 마음 아니겠느냐고 주장했다. 모두들 자연이 허락한 이 여분의 시간을 위해 원대한 계획을 세웠다. 감히 엄두를 내지 못하고 늘 꿈만 꾸었던 여행을 감행한다거나 지난 수십 년간 펼치려고 마음만 굳게 먹었던 책을 읽기에 제격인 시간이었다. 이제는 "이다음에 죽으면 프루스트의 『잃어버린 시간을 찾아서』를 읽을 거야"라는 소리를 심심찮게 들을 수 있었다. 예전의 "이다음에 은퇴하면……"과 같은 맥락이었다. '이다음에 죽으면'이라는 표현이 우리 입에서 '이다음에 늙으면'을 대체했다.

　법적으로는 부활이 예민한 문제를 야기했다. 은행가들은 고객들에게 두 번의 삶에 걸치는 110년 혹은 120년짜리 장기 대출을 제안해 즉시 이득을 챙겼다. 반면 판사와 공증인과 법과대 교수들은 우왕좌왕했다. 부활자들과 그들의 전생에 법적 인과관계를 구성해야 하는가 말아야 하는가. 사망하면 법적 효력이 사라지는 것인가, 아니면 부활과 함께 법적 효력도 되살아나는 것인가. 부활자들은 결혼도 임대차계약도 가스 설치도 다시 해야 하는가, 아니면 아무 일도 없었다는 듯 모든 것을 그대로 다시 이어가야 하는가. 논쟁에 불이 붙었고 이것은 단 몇 줄로 요약할 수 있는 간단한 문제가 아니었다. 대다수 사람들은 두번째 삶이 외인부대와 같아지는 것은, 즉 과거를 완전히 지운 채 원점에서 출발하는 것은 위험하다고 생각했다. 무책임을 조장할 위험이 있기 때문이었다. 반면 부활이 두번째 기회라고 생각하는 사람들도 있었다. 기업 경영인들은 상업적인 이득을 위해, 부활한 경영인에게 첫번째 생에 발생한 채무를 되넘기지 않는 쪽을 지지했다. 또 노동조합원들은 그들대로 부활한 자가 고인의 재산을 고스란히 인수할 하등의 이유가 없다고 생각했다. 일반적으로 우파는 첫 생에서 발생한 것을 보존하는 쪽으로, 좌파는 죽음이 죄과를 씻는다는 쪽으로 기울었다. 예컨대 언젠가 좌파 성향의 다수당 대변인이 옥사한 죄수는 부활했을 때 자유의 몸이어야 한다고 주장한 적이 있었다. 정부도 이 주장을 긍정적으로 검토중이라는 소식을 흘렸는데, 수백 명 남짓한 죄수가 세상에 다시 돌아왔을 때는 자유의 몸이 되리라는 희망으로 감옥에서 대거 자살하는 사태가 벌어졌다.

  같은 맥락에서 희생자가 부활했을 때 살인자를 어떻게 처벌할 것인가라는 문제가 대두했다. 유능한 변호사들은 판사의 혼란을 십분 활용해 희생자가 방청석에 버젓이 앉아 재판을 참관하는 마당에 피고인에게 살인죄를 적용할 수는 없다고 주장했다. 이에 당황한 검사들은 부활이 범죄의 심각성을 바꾸어놓을 수는 없다며 이는 외려 법정에 살인 사건의 직접 피해자를 증인으로 세울 수 있는 훌륭한 기회라고 반박했다. 법원 출입 기자들은 살인당한 사람이 두 눈을 시퍼렇게 뜨고 자신의 살인자와 마주하는 이 현대적인 재판에 대해 유감을 표하는 글로 기사를 시작하기 일쑤였다. 한편 경찰들은 부활에 진저리가 난 살인자들이 살인을 더이상 저지르지 않는 날이 이제 머잖아 오고야 말리라는 생각에 전전긍긍했다.

*

　이제 두 번의 생을 누리게 되었다는 것을 알게 된 사람들은 존재를 새로운 시각으로 보았고, 더는 생에 이전과 같은 가치를 두지 않게 되었다. 죽음이 더이상 돌이킬 수 없는 것이 아니라면 왜 죽음을 두려워하겠는가? 자살률이 폭발적으로 증가했다. 우울증 환자들은 자신이 겪는 고통의 심각성을 만천하에 알리기 위해 자기 머리에 권총을 쏘는 것을 더는 주저하지 않았다. 부모들은 자녀들의 외출이나 위험한 놀이를 더는 금지하지 않았고 자나깨나 안전을 걱정하는 것도 그만두었다. 과도한 음주 후 오토바이로 표지판을 들이받은 껄렁한 청소년 아들을 경찰이 부모에게 데려다놓아도, 죽어봐야 좀 얌전해지겠느냐, 다시 살아 돌아오면 그런 짓일랑 집안에서는 하지 마라, 하는 정도로 야단을 치는 둥 마는 둥이었다. 몇 달 전만 해도 아들을 껴안으며 하늘에 감사했을 어머니도 무심하게 제 방으로 들여보내며 용돈에서 본인 부담 보험료를 제하겠다고 경고했다. "이걸 교훈 삼아 두번째 생에서는 나중을 위해 좀더 아껴두렴, 누나처럼 말이야."

　재정부 장관은 머리를 쥐어뜯었다. 은퇴 연금 수령자 명단에서 삭제된 노인들이 날마다 살아 돌아오니 연금을 다시 책정해야 할 판이었다. 그는 다시 사는 건 공짜가 아니며 부활에는 비용이 발생한다는 말을 되뇌었다. 의회에서는 누가 이 비용을 부담해야 하는지 가리기 위한 문제로 분쟁이 일었다. 자유주의자들은 사회연대에도 한계가 있으며 산 자들이 부활한 자들의 생활까지 지원할 필요는 없다고 주장했다. 사회주의자들은 다시 태어나는 것도 권리이며 죽었다 살아온 노인들을 두 번 죽일 심산이 아니라면 이들에게 다시 일하라고 강요할 수는 없는 노릇이라고 맞섰다.

다시 살아난 사람들은 대개 거의 원기왕성하다고 할 정도로 건강 상태가 양호했다. 심지어 병석에서 골골대던 사람들조차. 이에 의사들은 일부 환자들의 경우 일단 죽은 뒤 건강한 상태로 되살아나는 것이 최선의 치료법이라는 결론을 내렸다. 가령 극심한 고통을 받는 암환자를 죽이면 한두 주 후에는 전이도 덜 진행되고 나아가 치유의 행운을 누린 모습으로 다시 나타날 터였다. 조직이 손상된 중증 알코올중독자는 힘들고 불확실한 수술을 받느니 차라리 고통 없이 깨끗하게 죽는 것이 건강한 심장을 되찾는 길이었다. 현대 의학에서 죽음은 더이상 실패가 아니었다. 살기 위해 때로는 죽어야 했다.

부활 현상이 야기한 심각한 결과 가운데, 종교인들의 당혹감

역시 짚고 넘어가야 한다. 그들은 수세기를 거치며 전파한, 우리 모두가 아는 교리를 변화된 시대에 맞게 수정해야 했다. 독실한 신자들을 혼란에 빠뜨리지도 않고, 모든 것을 일거에 개혁하지도 않기 위해 로마교황청은 부활을 창조주가 일시적으로 허용한 관용으로 결론지었다. 사제들은 신도들이 신중한 삶을 살도록 이끄는 가운데 첫 생에서 지은 죄를 씻으며 두번째 생을 살라고 가르쳤다. 부활이 축복으로 작용한 측면도 있었다. 부활을 신이 존재한다는 증거라 여기고 굴복한 수백만의 불신자들이 앞다퉈 성전으로 몰려들어 세례와 영성체를 요구했고, 개중에는 아예 종교인이 된 사람들까지 있었다. 미사에는 인파가 넘쳤고 수도원은 사람들을 거부했으며 본당은 필요한 것보다 더 많은 돈을 거둬들여 예배당을 개축하고 사제들의 월급을 인상했다.

부활이 정신세계에 중대하게 영향을 끼친 면이 또 있었다. 바로 죽음이 이제껏 간직해왔던 미스터리—그 때문에 2천 년 남짓한 세월 동안 죽음은 예술과 철학의 주요 주제였다—의 일부를 잃었다는 것이다. 사람들은 사후에 대해서는 여전히 모르지만 적어도 첫번째 생 다음에 두번째 생이 있다는 것은 알게 되었다. 죽음의 문제는 중심에서 밀려났고 주요한 특질이었던 형이상학적인 오라를 잃었다. 죽음에 대해 철학하고 존재의 의미에 대해 명상하는 것이 덜 시급해졌다. 이것에 환호해야 할 것인가? 그렇지 않을 가능성이 더 많다. 예전에는 삶이 부조리해 보였고, 만일 죽음이 없다면 덜 부조리할 것 같았다. 하지만 막상 겪고 보니 실은 그 반대였다. 우리는 죽음 없이는 삶이 더욱 부조리하다는 것을 알았고, 죽음이 절대적이고 쉽고 돌이킬 수 없는 것이었던 호시절을 못내 아쉬워하게 되었다. 요컨대 죽는 것이 안심이 되었던 그때 그 시절을.

(계속)

열 개의 도시 (2)

미국의 볼산

언뜻 보기에 볼산은 미국의 여느 도시와 다른 점이 없다. 인구 2만 명, 교회 두 개, 곧게 뻗은 길들과 경기장 한 개. 하지만 주의 깊은 관광객이라면 뭔가 다르다는 것을 금세 알아차린다. 처음엔 감이 오지 않아 불안한 시선으로 주위를 두리번거린다. 그러다 눈을 감으면 그게 무엇인지 또렷해진다. 이 도시엔 소음이 없다. 도시가 아니라 마치 사막 한가운데 있는 듯한 기분이랄까. 볼산은 침묵의 도시다. 이곳의 모든 것이 이 신성한 미덕을 지키는 데 집중되어 있다.

볼산에서는 전기차가 아닌 이상 차를 굴릴 수 없다. 전기차는 작은 세탁기가 작동할 때의 소음에 해당하는 50데시벨 이하의 소음을 낸다. 보안관들은 말발굽 소리를 죽이기 위해 펠트 천으로 발굽을 감싼 말을 타고 순찰을 돈다. 이들은 귀를 곤두세우고 소음에 온통 정신을 집중한 채 틈만 나면 허리띠에 찬 소노미터를 꺼내든다. 거리에서는 상점이며 공공건물에서 소리가 새어나오는 법이 없다. 사람들이 속삭이며 말하는 까닭이다. 혹여 문에 손가락이 끼기라도 하면 비명을 지르지 않기 위해 본능적으로 입술을 깨문다. 당연히 볼산에서도 세계의 여느 도시들처럼 분쟁도 일어나고 부부싸움도 빈번하다. 하지만 이들은 소리를 죽여 싸운다. 굴드에 따르면 이들이 대립하는 장면은 그야말로 인상적인데 모든 승부가 시선으로 결판나기 때문이다. "완전히 침묵으로만 일관하는 싸움도 봤어요. 고함치는 걸 자제해서 아껴둔 에너지가 죄다 눈으로 발산되기라도 하듯, 말 한마디 없이 싸늘하게 서로를 노려보기만 하더라고요." 상점들 바닥엔 카펫을 깔았고 벽은 코르크로 둘러쳤다. 정육점, 카페, 생선가게, 미용실 등 카펫을 깔 수 없는 더러워지기 쉬운 장소에서는 타일 위를 걸을 때 소리를 내지 않도록 고객들에게 신발에 덧씌우는 망사 신발창을 제공한다.

식당과 술집에도 초현실적인 고요가 감돈다. 특히 맥줏집의 소음에 익숙한 우리 프랑스인들에겐 말이다. 간혹 음악을 트는 곳도 있는데 이것도 거의 들릴락 말락 하는 수준이다. 테이블엔 누비 테이블보를 깔았고 동그란 맥주잔 받침의 재질은 벨벳이다. 문틀엔 펠트 천을 덧댔으며 서랍은 슬라이딩 도어 시스템이다. 또한 종업원에게 맥주와 함께 밀랍 귀마개를 주문할 수 있다. 한 쌍에 20센트인 이 귀마개만 있으면 다른 손님들이 은밀하게 속삭이는 소리에 방해받지 않을 수 있다. 굴드가 부연했다. "이 술집들이 지루하리라는 오해는 하지 마세요. 저만 해도 그토록 오랫동안 조용히 말해본 적이 없긴 하지만 아주 즐거운 시간을 보냈으니까요. 단, 꽤 장시간을 버티며 신부님이 잠들지 않게 해야 하는 고해실만큼은 예외지만요." 간혹 얼큰해진 손님이 목소리를 높일라치면 다른 손님들이 힘이 잔뜩 들어간 부릅뜬 눈과 못마땅한 도리질로 즉시 질서를 상기시킨다. 볼산에서는 사회적인 압력에 의해 평온이 유지된다. 소음을 내는 자는 시청의 법령에 의거해 벌금형이나 금고형에 처해지지만, 대개는 법까지 동원될 필요가 없다. 사격이나 전기기타 연주와 같이 소란스러운 취미 활동을 즐기고 싶은 주민은 이 용도로 설계된 도시 외곽으로 알아서 이동하기 때문이다. 이곳에는 이런 종류의 취미 활동을 펼칠 수 있도록 음악 그룹을 위한 스튜디오, 원격조종 자동차 전용 도로, 시간 단위로 대여하는 다용도 방음실 등이 구비되어 있다. 볼산 사회는 이런 식으로 굴러간다. 요컨대 적막 상태의 유지가 모든 것에 우선하고, 구성원 각자가 지키려고 애쓰는 이 약속에 의해 공동체가 단단히 결속되는 것이다. 이곳에서 침묵은 금이다.

그 밖에는 여느 곳과 다를 바 없는 작고 평범한 도시다. 침묵에 대한 무한 애정이 도시의 번영을 저해하지는 않았다. 침묵은 심지어 경제성장의 한 요인이기까지 하다. 엄격한 소음 통제는 가히 일자리 창출의 광맥이라 할 만한 산업을 탄생시켰다. 가령 잔디 깎는 기계의 사용 금지로 인해 볼산에서는 열다섯 개 남짓한 정원 관리 업체가 생겨났는데, 이 업체들은 벙어리들을 고용해서 도시를 누비고 다니며 잔디를 손으로 뽑게 했다. 오늘날 거리엔 백여 대의 택시자전거가 지나다니며, 안전모 전문 상점도 다섯 군데나 생겼다. 도시의 서단에는 대규모의 이중창 제조 공장이 건설되었다. 하지만 볼산은 경제활동이 지나치게 활발해지는 것을 바라지 않는다. 노동자들의 유입으로 인해 소음이 발생하고 그 때문에 삶의 질이 떨어지는 것을 우려하는 까닭이다. 굴드가 덧붙였다. "비밀스러운 도시라고 할까요. 이곳엔 관광객도 드물어요. 또 사람들도 이 도시의 존재를 알고 있다 해도 언급 자체를 삼가고요. 말이 나온 김에 말씀입니다만, 제게서 들으신 이 모든 얘기도 선생만 알고 계세요. 하지만 이곳에도 좋은 호텔들이 있긴 합니다. 쉬러 가고 싶은 호텔들도 있고요. 저한텐 그야말로 이상적인 도시죠. 볼산에서는 시골의 고즈넉한 분위기 속에서 도시에서나 누릴 법한 온갖 즐거움과 편의를 누릴 수 있으니까요. 하기는 고즈넉하기로 치면 외려 시골보다 더 고즈넉하죠. 볼산의 고요는 본디 소란스러운 우리 인간의 본성과 치열하게 대립한 끝에 획득한, 인위적이고 자발적인 특별한 미덕이니까요. 이곳 주민들 모두가 이 고요를 획득하는 데는 노력이 따른다는 걸 인식하는 터라 고요에 더욱 맛을 들이고 알차게 누리는 겁니다. 고요에 노력이 따른다는 증거요? 고요에는 절대로 완전히 익숙해지지 않는다는 것이죠. 저만 해도 볼산에 갔을 때 아침에 눈을 뜨면 잠깐 동안 내가 귀머거리가 된 건 아닌지, 세상이 사라져버린 건 아닌지 불안하고 혼란스럽다가, 참, 내가 침묵의 도시에 와 있지, 하게 되거든요. 저는 이 평화가 두렵지 않은 것 같습니다. 바로 그 때문에 이 도시를 찾게 되니 말이에요."

아주 특별한 컬렉션 (2)
문학과 권태

"제가 무료함을 달래고자 할 때 서재에서 가장 많이 찾는 섹션이 아마 여기지 싶군요." 굴드는 엄선된 방문객에게만 공개하는 이 멋진 컬렉션에 대해 이렇게 설명했다. "하기야 제가 즐기는 오락이란 게 역설적인 데가 없지 않죠. 이 섹션에는 세상에서 가장 지루한 책들만 모아놓았으니까요."

일반적인 예상과 달리 이 섹션의 서가는 차고 넘치는 책들의 무게에 짓눌려 있지 않다. 이 서가에 꽂힐 자격 기준이 매우 엄격한 까닭이다. 굴드는 이 섹션에 극단적으로 지루한 책들, 쪽마다 줄마다 권태가 스며들어 문자 그대로 권태를 체현한 책들만 허용했다. 적당히 지루하다거나 끝까지 읽히지 않는─줄거리가 제

자리걸음이거나 작가의 글재주가 신통치 않아서—그저 그런 시시한 책들, 이런 책들은 이 섹션에 비집고 들어설 자리가 없다. 굴드는 소위 지루한 책들의 선별 기준을 설명하기 위해 사금 채취의 은유를 즐겨 사용한다. "권태로운 문학은 진흙과 같아요. 지저분할뿐더러 눈곱만치도 흥미롭지 않지만, 체에 거르면 때로 황금이 발견되지요. 인내의 한계치를 넘어 수없이 하품을 유발하는 책이 문득 특별한 가치를 발산한다고 할까요."

나는 굴드와 함께 이따금 매우 특별한 이 섹션을 살펴보는 기회를 가졌다. 이미 얘기했지만 굴드는 이 섹션을 거의 공개하지 않았기에 이는 드문 특권이었다. 그가 설명했던 책들을 죄다 기억할 순 없고, 읽은 것은 물론 한 권도 없다. 나더러 이 책들을 읽으라는 건 터무니없는 억지이리라. 죄다 지루하기 짝이 없는 것들이니까. 하지만 개중에도 인상적인 작가가 몇 있었고 다음이 그들이다.

—프랑스 동부 프랑슈콩테의 화가였던 알베르 메감나즈는 1940년대 중반, 아무것도 아닌 소소한 것들에 대해 소설을 쓰고자 한 플로베르의 포부에 다가가고 싶었다.* 그는 달걀을 주제로

---

* 플로베르는 아무것도 아닌 소소한 것들에 대해 소설을 쓰고 싶다며 소설에서 중요한 것은 스타일, 즉 형식이라고 단언했다. 실제로 그의 대표작 『마담 보바리』는

선택한 뒤 1천 쪽 남짓한 소설에 도전했다. 그리고 우직하게 목표를 달성했다. 1200쪽에 달하는 소설 『달걀』─다른 제목은 생각할 수 없었다─이 탄생한 것이다. 처음부터 끝까지 그가 달걀 받침에 올려놓은 달걀을 책상에 두고 묵묵히 관찰하기를 되풀이하는 내용이었다. 달걀은 두 주에 한 번씩 똑같은 모양과 크기의 신선한 달걀로 교체해 관찰했다. 메감나즈는 이 경탄스러운 고역 덩어리를 출간하고 나서 홍보용 소책자에 『달걀』을 쓰는 것보다 다시 읽는 것이 더 힘들었다고 밝혔다. "사람들이 놀림 삼아 표현하듯 이 책을 '부화하는' 데 일 년이 걸렸다. 하루에 세 시간씩 작업한 결과였다. 이 책을 다시 읽는 데는 그 열 배가 걸렸고 이는 따분한 시간이었다. 나는 극히 미미할지라도 세상에 나온 모든 책들에서 흥미를 발견할 수 있다고 생각한다. 하다못해 번역되지 않은 원서에서조차 단어의 의미를 유추해본다든가 모국어와의 유사점을 찾아볼 수 있고 이국적인 향취라도 느낄 수 있다. 하지만 나의 『달걀』은 단언컨대 어떠한 호기심도 끌지 못한다. 설사 세상없는 의욕으로 불타올라 책을 집어들었다 해도 열 줄도 못

─────────

외도하는 부인을 둔 한 시골 의사의 실제 이야기에서 착상했고, 내용도 별다른 사건 없이 당시로서는 획기적인 소설 기법이었던, 같은 사건에 대해 시각이 다른 인물들의 입장과 심리를 담담하게 관찰하고 묘사하는 것으로 이루어져 있다.

읽고 따분해서 주리를 틀게 되리라. 게다가 내가 이 책을 다시 완독할 수 있으리라고는 생각지도 않았다. 노력했지만 형벌도 그런 형벌이 없었고 지금에 와서는 그 노력이 다소 어리석었다는 생각마저 든다."

　—또다른 놀랄 만한 사례. 튀니지 작가 압델 알말릭은 프랑스와 마그레브*에서 문학적으로 실패한 인생을 이어가던 끝에 사십 년 남짓한 경력 동안 받았던 거절 편지를 모아 산문집을 출간했다. 편지들은 형식을 막론하고 하나같이 압델 알말릭의 원고를 도저히 끝까지 읽을 수 없었다는 내용이었다. 개중에는 30쪽, 혹은 40쪽, 50쪽에서 손을 놓아버렸다고 구체적으로 밝힌 이들도 있었다. 알말릭의 필체 탓은 아니었다. 줄거리의 문제도 아니었다. 그보다는 그의 작품이 정체불명의 병을 앓고 있다는 것이 옳았다. 그의 글들은 무어라 명명할 수 없는 권태, 그저 경이로울 따름인 권태를 발산했다. 굴드가 설명했다. "딱하게도 그이는 인생을 통틀어 끝까지 읽어낼 수 있는 책을 단 한 권도 쓰지 못했어요. 원고의 분량을 줄여보기도 하고 장章을 통째로 들어내기도 하고 대화를 쳐내보기도 하다가 급기야 아주 짤막한 단편들에

---

　* 튀니지, 리비아, 모로코, 알제리를 포함하는 북아프리카 지역.

손을 댔는데도 아무 소용 없었지요. 별별 짓을 다 해도 환장할 정도로 따분하기는 매한가지였으니까요. 과격한 표현을 양해하십시오. 그이 소설은 환장할 정도로 따분해서 중간에 내던지지 않을 수가 없거든요. 하이쿠를 썼다 해도 결과는 같았을 겁니다. 참으로 애석한 일이지요. 그이 주장으론 기막힌 결말이 준비돼 있다고 했거든요. 그런데 그걸 확인할 수 있는 사람이 하나라도 있어야 말이죠, 어째 이런 일이 있는지.”

　—더욱 극단적인 사례. 스위스 시인 잔 드 라 투른리는 1976년 로잔에서 출간된, 삼십 편의 시를 모은 시집 『비탈과 모래밭』으로 기록 비슷한 것을 세웠다. 굴드가 설명했다. “사행시들인데 두 편 이상 제대로 읽히질 않아요. 죄다 어찌나 지루한지 한 편을 마저 끝내지 못하고 다음 편으로 넘어가게 된다니까요.” 내가 회의적인 반응을 보이자 굴드가 직접 읽어보라고 권했다. 나는 시집을 펼쳐들고 할 수 있는 한 온 신경을 집중해서 첫 시를 읽었다. 하지만 다섯번째 시에 이르자 마저 다 읽지 않고 무심결에 다음 시로 넘어갔고 이런 내 행동을 자각하자 화들짝 놀라, 비웃음을 꾹 누르고 있는 굴드에게로 시선을 들었다. “애써 주의를 기울이지 않는다면 이 시들은 절대로 끝까지 읽을 수 없어요. 또 노력해서 읽는다 해도 집중하는 데 온 신경을 기울인 나머지 정작 무

엇을 읽었는지 더는 알 수 없게 돼버리고요."

하지만 이 지루한 작가들에 대한 굴드의 견해를 오해해선 안
된다. 그는 이 작가들을 좋아해 마지않았고, 이들의 작품 중 어떤
것들은 만일 유배살이를 해야 한다면 꼭 가지고 갈 정도라며 진
정한 걸작이라고 평가했다. "권태는 귀족적인 겁니다, 아세요? 독
서에서 오는 위대한 권태에는 식자들만이 알아볼 수 있는 고급
스럽고 진귀한 맛이 있다고요." 나는 그의 권태 옹호가 늘 미심쩍
었다. 해서 그에게 이런 내 생각을 거듭 전하며 그리도 찬미해 마
지않는 이 책들 중 최근에 읽은 것이 있느냐고 물으면 당연하다
는 듯 외치는 대답이 돌아왔다. "물론 없지요!" 이 모순은 내겐 도
저히 극복할 수 없는 것이었지만, 굴드는 익숙해진 듯 펼쳐볼 엄
두도 내지 말아야 할 이 멋진 책들을 친구들에게 자랑하기를 멈
추지 않았다.

*

굴드의 컬렉션 중에서 앙리 드 레니에*의 『꿈결처럼』을 발견한

---

* 19세기 후반부터 20세기 초반까지 활동했던 시인이자 소설가. 상징주의에 기
울었으며 아카데미프랑세즈 회원을 역임했다.

내가 놀라서 까닭을 묻자, 굴드가 대답했다. "이 시집은 레니에 자신이 한 말을 인용하자면 '권태가 주제인데다 권태롭기까지 하'거든요. 물론 그건 사실이 아니지만 그 정도로 명망 있는 작가가 하는 말을 어찌 거스를 수 있겠습니까. 해서 실은 이 책이 있어야 할 자리는 아닌데도 제 걸작 컬렉션 사이에 자리를 마련한 겁니다."

*

굴드가 서재를 개방한 어느 날, 나는 지루한 책들의 컬렉션을 훑다가 추리소설 한 권을 발견했다. 이 책은 놀랍게도 지루하지 않았을 뿐만 아니라 흡인력도 강렬했다. '흡인력이 강렬하다'는 것은 좀 과한 표현일지 모르나 이 책이 속한 컬렉션을 감안한다면 뜻밖의 재미임에는 분명했다. 저자는 E.O. 우드퍼드이고 제목은 『범죄 열차』였는데, 한 무리의 악당이 노리치와 버밍엄을 잇는 열차를 납치하는 내용이었다. 대단한 야심작은 아니었지만 구성이 제법 촘촘했던지라 나는 한 시간 만에 이 책을 독파했다. 결말이 그야말로 압권이었다. 여러분이 만일 고서적상에서 이 책을 발견한다면 구입해도 좋다고 말하고 싶다. 돈이 아깝지는 않을 것이다. 나는 극도로 지루하다고 분류된 이 책을 완독한 것에 적이 놀라 굴드에게 그 사실을 알렸다. 그가 외쳤다. "아, 그 책은 다른 책들과 경우가 달라요! 그 책은 독자들을 지루하게 해서라기보다는 저자인 우드퍼드가 지루해해서 제 컬렉션에 합류하게 된 겁니다." 이어서 굴드는 E.O.(에릭 오즈월드) 우드퍼드의 사연을 풀어놓았다. 우드퍼드에게는 글쓰는 작업이 못 견디게 진력나는 파적거리였다. 그는 집필에 착수할 때마다 번번이 친구들에게 사형선고라도 받은 눈빛을 보내면서 앞으로 몇 시간 내내 감내해야 할 고역에 한숨을 푹 내쉬곤 했다. "다수의 작가들이 글쓰기가 고역이라며 툴툴거리지만 일단 집필을 시작하면 종국엔 대개 만족감을 느끼고 나아가 즐거움마저 누리지요. 하지만 우드퍼드 이 사람은 책상머리에서는 단 한 순간도 즐겁지 못했어요. 만년필 뚜껑을 연 순간부터 뚜껑을 도로 닫으며 안도할 때까지 줄곧 따분해하기만 했지요. 희한한 것은 그러면서도 계속해서 글을 썼다는 겁니다. 물론 많은 작품을 출간하지는 못했지만 어쨌든 다섯 권의 추리소설과 열 편의 단편소설을 남겼어요. 집필 때 그의 정신 상태를 고려한다면 엄청난 양이라 할 수 있지요. 저는 그의 상태를 두 가지 경우로 가정해보았어요. 첫째, 어쩌면 그야말로 권태의 진정한 식자이고 실은 열렬한 권태 애호가일지 모른다는 겁니다. 일종의 마조히스트라고 해도 좋겠고요. 자신을 가장 따분하게 하는 것이 글쓰기였기에 당연히! 계속해서 글을 썼던 것이죠. 만일 수학이나 회계를 죽도록 따분하게 여겼다면 방정식을 풀거나 회계장부를 붙들고 늘어지며 시간을 보냈을 거예요. 문학은 그에게 목적이 아니라 수단이었던 겁니다. 백 퍼센트 따분할 수 있는 극단적인 수단. 두번째 가정은 첫번째와 대척점에 있어요. 바로 우드퍼드야말로 자신의 세기를 대표하는 유일무이하고도 진정한 작가여서 문학이란 괴물에 영혼 깊이 사로잡혔다고 보는 것이지요. 글을 쓰는 매 순간이 고문이지만 어쩔 수 없이 써야만 했다고 할까요. 아마 죽을 만큼 고통스러웠다면 자살이라도 했겠지요."

굴드는 우드퍼드가 동향 작가인 매슈 J. 닐과 대비된다면서 매슈 J. 닐의 『완전한 작업』을 꺼내들었다. 닐은 고향 리버풀에서 서른여섯 살을 일기로 세상을 떠날 때까지 열 권의 시집을 남겼는데, 이 시집들은 특유의 음산한 분위기로 인해 오늘날까지도 음울한 낭만주의 애호가들의 사랑을 받고 있다. 세간에서는 다들 닐을 어둡고 비관적인 성격의 저주받은 불행한 시인이리라고 지레짐작했지만 실상은 그 반대였다. 그는 여자와 파티를 좋아하는 유쾌하고 활기찬 청년이었다. 인생이 다소 무료했던 닐은(유복

한 집안에서 태어난 까닭에 애써 일할 필요가 없었다) 시간을 보내기 위해 시작詩作에 빠져들었고, 다른 이들이 십자말풀이의 빈칸을 채워넣듯 심상하게 걸작을 써냈다. 굴드는 내 영어 듣기 실력이 부족한데도 굳이 닐의 시 몇 편을 낭송해주었다. 감미로운 운율이 마음에 와 닿았다. 참으로 깊이 있는 시들이라는 굴드의 칭찬이 기꺼이 믿어졌다. 굴드가 덧붙였다. "저도 닐과 같이 인생을 무료해할 수 있고 그가 쓴 것에 버금가는 아름다운 시들을 쓸 수만 있다면 어떤 대가라도 치르겠어요."

*

굴드의 컬렉션에는 작가가 작정하고 지루하게 쓴 책들도 포함되어 있다. 굴드는 이 책들을 이제껏 우리가 훑었던 '비자발적 컬렉션'과 상반된다는 의미에서 '자발적 컬렉션'이라 부른다. '자발적 컬렉션'의 작가들은 권태에 높은 문학적 가치를 부여하고서 최대한 지루한 작품을 창작하는 데 온 힘을 쏟았다. 그중 몇몇은 확실하게 목표를 달성했는데 내 머릿속에 떠오르는 이름들은 대략 이렇다. 위베르 말라빌, 클로드 비레티, 시드니 브르통, 장바티스트 시오. 언젠가 굴드에게 이들에 대한 이야기를 들려달라고

해야겠다. 굴드는 이들의 작품을 수집하느라 자못 애를 먹었음에도, 자의와 상관없이 지루한 책을 쓰게 된 '비자발적 컬렉션'의 작가들을 이들보다 높게 평가한다. "'자발적 컬렉션'의 작가들은 권태를 추구했고 그건 그들의 권리예요. 하지만 바로 그 때문에 저는 이들한테 유보적인 입장입니다. 왜냐하면 이들한테도 '비자발적 컬렉션'의 작가들에게 그랬던 것처럼, 지루하긴 하되 작가의 의도와 상관없는 뜻밖의 즐거움을 기대하게 되는데, 아직까지는…… 전혀 그렇지 못하니 말이에요."

대대적인 개명

지난 몇 년간 진보 지식인 중 몇 사람이 개인마다 고유의 이름을 갖는 것이 자유를 구속하는 일일뿐더러 우리 문명의 불안의 원천이라는 생각을 퍼뜨려왔다. 이들에 따르면 이름은 암흑의 시대*의 잔재로서 억압이요, 굴레요, 불평등의 원흉에 다름 아니다. 한 성전환 작가가 성별을 바꾸고 나서 이번에는 자신의 저서에서 마음대로 이름을 바꿀 권리에 대해 주장했고, 이 책은 베스트셀러가 되었다. 같은 생각을 담은 수십여 권의 다른 책들이 쏟아져나왔다. 이 책들은 하나같이 더는 누구도 이름을 가져야 한다

---

* 미케네문명의 몰락이 시작된 기원전 13세기부터, 고대 그리스 문명의 부활이 시작된 기원전 8세기에 이르는 시기.

는 압박을 받지 않는 그날에야 우리가 비로소 행복해지리라는 사상을 지지했다.

이 전복적인 이론이 차츰 자리를 넓혀가다 마침내 여론을 움직였다. 이삼 년 전만 해도 소수의 시민들만이 셔츠처럼 이름을 갈아치우는 것에 찬성이라고 선언했고, 만일 법으로 허용된다면 당장 이름을 바꾸겠다고 대답한 이들은 극소수에 지나지 않았다. 오늘날 이들은 다수다. 따라서 거대 정당들은 이를 선거공약으로 내세웠고, 새로운 정부는 정권을 잡은 즉시 개혁에 착수했다. 의회에서 거친 공방이 오간 후 프랑스의 호적 제도를 뒤흔들며 성명 개혁이 채택되었다. 이제부터 열여덟 살 이상(친권이 해제된 열여섯 살 이상의 미성년자 포함*)의 모든 개인은 자유롭게 이름과 성을 바꿀 수 있다. 구청에 신청만 하면 원하는 만큼 몇 번이라도 가능하다. 이 자유를 누린 첫 타자는 이 개혁을 지지했던 지식인들이었다. 그들은 모범을 보이기 위해 서둘러 새로운 이름을 채택한 뒤, 텔레비전 프로그램에 연달아 출연해 새 이름을 얻은 무한한 기쁨을 과시했다. 다음은 평소 자신의 이름을 좋아하지 않았지만 이전의 복잡한 법적 절차가 두려워 아예 소송을 제기

---

* 프랑스에서는 16세 이상의 미성년자 또는 그 부모가 가정법원에 친권 해제를 신청할 수 있다. 판결까지는 몇 달이 걸리며 아이의 이익을 우선하여 결정된다.

하지 않았던 보통 사람들의 차례였다. 이렇게 해서 쿠용, 코나르, 크레탱*이 철자 하나씩을 바꿔 부용, 보나르, 크레통이 되었다. 테튀, 푸유, 푀뢰**는 뒤랑, 라퐁, 베르나르댕***이라는 이름을 채택했다.

하지만 이들의 수는 극히 미미했고, 이들이 이름 변경 절차를 밟은 처음 얼마간이 지나자 신청자들이 점점 감소했다. 정부 내에서 무용지물의 개혁을 했다는 두려움에 우려의 목소리가 높아졌다. 이에 여론조사를 실시한 결과, 사람들이 이름을 바꾸는 자유에는 여전히 찬성이지만 굳이 바꿔야 할 필요성을 못 느끼거나, 특히 기존의 이름 대신 어떤 이름을 선택할지 몰라서라는 사실이 밝혀졌다. 개혁의 성과를 내고 법이 효력을 발휘하게 하기 위한 캠페인 광고가 실시되었다. 거기 당신, 오늘은 이름이 뭐예요? 이런 문구와 함께 미소 띤 청년들이 주민증을 내보이는 포스터가 전국의 벽들을 뒤덮었다. 텔레비전 광고도 방영되었다. 한 노인이 손주들의 성화에 못 이겨 구청 직원에게 문의한 후 좀더 현대적인 이름으로 변경하는 장면이었다. 상냥한 표정의 구청 직원

_____

* 세 이름 모두 '멍청이', '바보', '천치'라는 뜻.

** 각각 '고집쟁이', '이가 들끓는 사람', '겁쟁이'라는 뜻.

*** 세 이름의 어원이 각각 '끈기', '샘물', '용기'와 관련이 있다.

이 변경 신청이 완료되었으며 즉시 사용할 수 있다고 알리면 다음의 슬로건이 뜬다. 성명 변경 자유의 권리, 행사하지 않으면 퇴색합니다.

이에 자극받은 프랑스 국민이 권리를 행사하기 위해 구청으로 우르르 몰려들었다. 처음으로 이름을 바꾼 사람들은 선구자가 된 기분이었다. 으쓱해진 그들은 본래의 이름에서 해방된 것이 기쁘다고 말했다. '해방'이라는 단어가 그들의 입에서 자동으로 튀어나왔다. 매일 아침 각 회사에선 수천 명의 간부들이 자기 사무실의 명패를 떼어내고 상부에 다른 명패를 주문하는 것으로 하루 일과를 시작했다. 그들은 어안이 벙벙한 비서에게 이제부터 자기 이름은 기요메 혹은 르누비에가 아니라 보나파르트, 드골 혹은 탈레랑*이라고 설명했다. 감복한 비서가 지체 없이 덩달아 구청으로 달려갔고, 다음날 새 보나파르트에게 자기는 이제부터 더는 부데 또는 로랑송이 아니라 보아르네** 또는 몽테스팡***이라고 선언했다. 사람들은 이렇게 각자 알음알음으로 측근을 설득했다.

---

* 프랑스의 정치가, 외교관, 성직자.

** 조제핀 드 보아르네 황후, 나폴레옹 보나파르트의 아내.

*** 루이 14세의 정부로, 일명 '몽테스팡 부인'으로 불리며 당시 사교계를 좌지우지했다.

사장은 직원을, 세입자는 이웃을, 상인은 손님을. 육 개월 가까이 지나자 국민의 절반이 이름을 변경했고, 다수의 프랑스인들이 이미 이름을 두세 개씩 거쳤다.

충분히 예상되는 결과지만 귀족 이름과 '부자로 만들어주는' 이름이 가장 인기가 높았다. 처음엔 이름에 슬쩍 전치사를 붙이는 것으로 시작해놓고, 지금은 이것으로 족하고 내키면 다음에 얼마든지 하이픈을 추가하면 된다고 생각하는 것이다.* 그러다 욕심이 생기고 곧이어 진짜 귀족이 된 듯한 착각에 빠지게 된다. 여기저기서 르바쇠르 뒤 몽탕 드 라 모트-지라르데, 르페브르-모리세 뒤 샤토 디프, 샤르니 당트르몽 뒤 뤼소 드 에스팽글레, 르벨 뒤 빌리에 드 세공자크-샤티옹 등이 출몰했다. 이 요란한 이름들 중 어떤 것들은 하도 길어서 정작 작명자 자신도 기억을 못하는 바람에 종이에 일일이 적어가지고 다녀야 했다. 진짜 귀족들이 격분하여 항거했다. 수세기 동안 유구하게 이어져 내려온 조상의 이름을 영속시키는 영광에 살고 있던 사람이, 난데없이 매달 백여 명의 품위 없는 인간들이 자기 이름을 합법적으로 가로채는 꼴을 두 손 놓고 바라보고만 있어야 하는가, 라는 게 하소

---

* 대개 귀족 이름은 길고, 전치사 '드(de)'가 붙거나 하이픈으로 연결되는 경우가 많으며, 지명과 샤토(城) 이름이 쓰인다.

연의 골자였다. 소송도 소용없었다. 판사들은 난처한 표정으로 이들의 소송을 물리치는 한편으로, 아내에게 다음에 채택할 자기네 이름으로 제안할 셈으로 이 역사적인 이름들을 은밀하게 메모했다.

*

오늘날엔 변화가 한층 급격해졌다. 새 이름 생각이 간절하다면? 구청에 전화 한 통 넣으면 끝이다. 대도시 구청들의 민원 창구는 스물네 시간 열려 있다. 아침엔 닉슨이라고 지었다가 밤엔 브레즈네프라고 바꾸는가 하면, 아침엔 스완이었다가 정오엔 뱅퇴유, 오후 네시 간식 시간엔 샤를뤼스, 저녁식사 시간엔 게르망트*가 될 수도 있었다. 각 가정에서 아내들은 남편과 싸우고 나면 이름을 바꿨다. 자녀들은 성년이 되는 날 구청으로 가서 아버지가 증오하는 정치가의 이름으로 개명해 아버지를 격분시켰다. 일

* 스완, 뱅퇴유, 샤를뤼스, 게르망트 모두 마르셀 프루스트의 『잃어버린 시간을 찾아서』의 등장인물이다. 스완은 뱅퇴유의 소나타에 심취해 의식 세계에 지대한 영향을 받고, 게르망트는 프랑스 지명인 동시에 샤를뤼스의 성(姓)으로 이 소설에 샤를뤼스와 인척 관계인 다른 게르망트가 몇몇 더 등장한다.

반인들은 유행하는 가수의 이름으로 개명했다가 다른 가수의 주가가 오르면 즉시 그 이름으로 갈아치웠다. 고등학생들은 시인의 이름으로 개명했다. 매년 바칼로레아* 수험자들 중에는 3만여 명의 보들레르와 1만여 명의 위고가 있다. 생제르맹 거리의 카페들엔 어김없이 사르트르가 나와 앉아** 열 쪽이 넘어가기도 전에 등장인물 전원이 이름을 바꾸는 통에 내용을 전혀 이해할 수 없는 현대소설을 읽었다.

이제는 이름에도 패션처럼 유행이 있다. 지난 시즌에는 브르타뉴 지방식 이름이 유행이더니, 올해는 너도나도 중국식 이름을 따랐다. 또 비키니가 다시 유행할 거라는 소식이 들리자 아가씨들은 파가니니 또는 발코네티처럼 끝이 i 자로 끝나는 예쁜 이름으로 개명했다. 세계주의자들은 외국 이름을 차용하는 것에 환호했지만 애국자들은 프티, 르그로, 모랭과 같은 단순하고 예쁜 옛 이름들이 소멸할까 두려워하며 개명할 때 프랑스적인 것에 착안해야 한다고 생각했다. 개중에 어떤 이들은 공동묘지를 순례했는데 이는 프랑스 이름이 틀림없는 이 옛 이름들을 개명 자원자들

---

* 대학 입학 자격시험.
** 생제르맹 거리의 카페들인 '카페 드 플로르'나 '레 되 마고'는 사르트르와 시몬 드 보부아르를 비롯한 실존주의 철학자들의 단골 카페였던 것으로 유명하다.

에게 상기시키고 데이터베이스를 구축하기 위해서였다. 이들은 자신들의 행위를 멸종 위기 동물을 보호하기 위해 투쟁하는 환경운동가에 비유했다.

별안간 급격히 수요가 늘어난 명함이 다시 빛을 보게 되었다. 사람들은 현재 사용하는 이름을 알리기 위해 주변에 명함을 돌리며, 별도의 지시가 있기 전까지는 이 명함이 유효하다고 말했다. 다들 주로 써버릇하는 각기 다른 이름이 박힌 수십 개 남짓한 하얀 직사각형 명함을 가지고 다녔다. 혹여 방금 건네받은 명함의 이름이 예쁘다고 생각하면, 명함 주인이 등을 돌리자마자 구청에 전화를 걸어 그 이름으로 변경 신청을 했다. 이어서 그 명함을 주머니에 고이 간직한 채 본인의 명함으로 재사용하면 그만이었다. 어떤 명함들은 이런 식으로 하루에도 네다섯 사람의 손을 거치다가 모서리가 접히거나 더는 내밀 수 없는 지경으로 너덜너덜해졌다. 이 경우에는 명함의 이름에 느끼는 애착의 정도에 따라 인쇄소에 복사를 맡길지 말지가 결정되었다.

이 새로운 현상에 가장 당혹스러워한 이들은 직업이 존폐 위기에 내몰린 족보 연구가였다. 그들의 어려움은 시간이 갈수록 극심해졌다. 부친과 조부모가 살아생전에 오십 번이나 이름을 바꾼 남자의 조상을 대체 무슨 수로 찾는단 말인가? 이혼과 입양으로 이미 모든 것이 복잡해진 판국에 개명의 자유는 아예 그 직업 자체를 말살했다. 두세 세대를 거슬러올라가자면 수년간의 연구가 필요할 것이고 가계도 하나를 구축하는 데는 막대한 비용이 들 터. 이제 족보를 만드는 것은 부의 상징이 되었다.

같은 맥락에서 공증인들도 머리칼을 쥐어뜯었다. 유산 상속 때 어디서인지도 모르게 오십 명 혹은 백여 명의 상속자들이 나타나 자기 몫을 요구하는 일이 다반사였다. 모두들 이름이 제각각인지라 더는 아무도 진짜와 가짜를 구분해낼 수 없었던바, 직감에 기대어 솔로몬의 재판을 진행할 수밖에 없었다. 긍정적인 점은 미래의 고인이 대처법을 알았다는 것이다. 그는 누구인지도 모르는 이들한테 재산을 상속하느니 차라리 살아생전에 마음껏 탕진하는 쪽을 택했고, 이는 경제의 활성화를 이끌었다.

공증인들과 족보 연구가들이 더는 직업을 수행할 수 없게 되면, 급성장하는 업종인 고유 이름 작명가로 직업을 전환할 수도 있을 터였다. 오늘날엔 온갖 형태의 전문 업소에서 고객 개개인에게 맞춤 이름을 제공한다. 몇 가지 심리 테스트를 거치고 설문 용지에 답하고 나면, 아일랜드식 이름과 러시아식 이중 성姓이 의뢰인의 개성을 훌륭하게 반영한다는 유의, 세상에서 가장 진지한 선언을 듣게 된다. 이어서 이름 전문가가 집을 예쁘게 장식하는 인테리어 디자이너처럼 즉석에서 이상적인 이름을 지어주는 식이다. 나는 이 주제와 관련해 얼마 전 텔레비전에서, 성명 개혁을 처음부터 적극적으로 지지했던 한 유명 철학자의 인터뷰를 주의 깊게 시청했다. "어제 우리에게 가장 잘 어울렸던 이름이 오늘은 확실히 부족해 보이고 우리에게 보다 잘 어울리는 다른 이름이 필요해질 수 있습니다. 우리는 더이상 이름으로 정의되지 않아요. 각자 자기답다고 느껴지는 이름을 선택할 뿐입니다. 제 견해로는 그게 최상이고요." 사회자가 빛나는 발언에 감사를 표하며 그의 신간을 언급하려 했을 때 곤혹스러운 침묵이 자리잡았다. 가련한 사회자는 의자에서 몸을 비비 틀며 초대 손님에게 애원의 눈빛을 보냈다. 초대 손님이 수시로 이름을 바꿔대는 통에 그의 현재 이름을 잊었던 것이다. 다행히도 프로그램의 엔딩 크레디트가 올라가며 사회자를 형벌에서 구했다. 철학자 또한 지난 몇 달간 이름을 너무 자주 갈아치운 바람에 오늘 저녁 자기 이름이 무엇인지 잊었다는 은밀한 고백을 방송에서 하지 않을 수 있었다.

(계속)

열 개의 도시 (3)

볼리비아의 오로메

오로메에 가면 여행객들은 도시의 폐허 같은 외관에 넋을 잃는다. 벽에 균열이 생겨 무너져가는 건물들이며 내려앉고 떨어져 나간 지붕들, 파손된 도로들과 여기저기 금이 간 땅을 뚫고 올라온 개밀들. 도시 전체가 붕괴하는 듯 모든 것이 갈라지고 가루가 되어 떨어져내린다. 그중에서도 공공기관 건물의 손상이 가장 심한데 특히 경찰서 건물은 셋에 둘은 무너져내렸다. 개인 주택의 형편도 그리 나을 것은 없다. 강철 기둥만이 떠받치고 있는 너덜거리는 집 앞에서 속수무책인 주민들은 허술한 텐트를 쳐놓고 그 안에 피신한 채 무엇인지도 모를 것을 기다린다. 그럼에도 오로메는 빈곤한 도시가 아니다. 빈곤과는 거리가 멀다. 외려 지역

생활수준으로 보자면 번영을 보장하는 아연광 덕분에 부자에 가깝다. 배를 곯는 주민은 거의 없으며 혹여 빈민이 있다 해도 다른 지역보다 더 많은 수준은 아니다. 그렇다면 도시가 왜 이 정도로 처참한 지경에 이른 것일까?

수천 번도 더 들었을 이 질문에 주민들은 어깨를 치킨다거나 거만하다못해 경멸하는 듯한 표정을 지어 보이는 것으로 무뚝뚝하게 답한다. 운명론이 이들에겐 천성인지라, 남들이 자기들처럼 생각하지 않는 것이 외려 이해 못할 노릇인 까닭이다. 이곳 주민 모두는 도시의 종말이 올 것이고 그것을 피할 방법이 전혀 없다고 굳게 믿는다. 해서 이들은 가공할 체념과 달관으로 도시가 붕괴하는 과정을 두 손 놓고 구경만 하는 것이다. 오로메에서는 재건이라든가 보수는 아무런 의미가 없고, 진행중인 파괴를 저지하는 것은 부조리하고 어리석으며 나아가 전복적인 행위다. 언젠가 또 무너질 거라면 벽을 다시 세운들 무슨 소용이란 말인가? 집은 왜 보수하며, 불모의 땅에 씨앗은 왜 다시 뿌린단 말인가? 이것이 오로메 주민들의 생각이다. 인간과 동물이 나고 살고 죽듯, 도시도 건설되고 유지되고 멸하는 것일 뿐. 도시가 몹시 쇠락했다면 다시 살리는 건 가능하지도 바람직하지도 않다. 아무런 미련 없이 그저 운명에 맡겨야 한다. 이것이 세계에서 유일하게 자체적으로 멸하는 이 특별한 도시 주민들의 심오한 철학이다.

굴드가 설명했다.

"오로메를 보니 골드러시 때 급성장한 미국의 신흥도시들이 언뜻 떠올랐어요. 며칠 만에 땅에서 솟아났다가 그만큼 급속히 버려진 도시들 말입니다. 허나 비교는 여기까지죠. 신흥도시들이 무너진 건, 더 많은 금덩이에 대한 소문에 혹하고 새로운 광맥의 발견에 흥분한 그곳 주민들이 다른 데로 떠나버렸기 때문이니까요. 하지만 오로메 주민들은 남았어요. 꿋꿋이 도시를 지키며 아무런 조치도 취하지 않은 채 재앙을 수동적으로 목도할 뿐이죠. 한번은 금방이라도 무너질 듯한 삼층짜리 건물을 본 적이 있어요. 갈라지고 벌어진 틈들이 어쩌나 넓은지 손이 드나들 수 있을 정도였죠. 이 건물이 붕괴하면 그 여파로 그나마 상태가 양호한 옆 건물까지 위험하겠더라고요. 이 멀쩡한 건물의 주민들이 어떤 대처를 했을 것 같습니까? 아무것도 하지 않았어요! 아직 시간이 있을 때 조치를 취할 수도 있었으련만 아무것도 안 하더란 말입니다. 그저 가방을 싸서 집에서 나와 극장에서처럼 옹기종기 모여서는, 옆 건물이 붕괴하면서 자기들 집까지 무너뜨리는 꼴을 구경이라도 난 듯 연기에 이따금 콜록거리며 멀거니 쳐다보더군요. 그러다 건물 잔해 속에서 각자 물건 몇 가지를 챙기더니 폐허에 세운 텐트로 돌아가 아무 일도 없었다는 듯 다시 살아가더라 고요."

굴드가 잠시 침묵하더니 말을 이었다.

"십 년 전 처음으로 오로메를 다녀온 이후, 언젠가 다시 가봐야 겠다고 마음먹고 있어요. 붕괴가 얼마나 더 진전됐는지, 얼마나 많은 집이 아직 버티고 있는지 보기 위해서 말입니다. 가서 안전 모를 쓰고 포석이 떨어져나간 거리를 걸으며 골조가 삐걱대는 소리 속에서 무너져내리는 지붕을 찾아볼 거예요. 그래도 제 얼 굴은 무표정일 겁니다. 어쩌면 살짝 미소를 짓고 있을지도 모르 겠군요. 그 지역 주민들의 무심함을 따라잡으려고 노력하면서 모 든 것이 정상인 양 행동할 겁니다. 길에 널린 자갈을 주워 유리창 에 던지고, 다이너마이트를 사서 묶음을 만든 뒤 밤이 오면 불을 붙여 아직 버티고 선 건물들 밑에 던질 거예요. 쇠진한 환자가 조 용히 죽음을 맞을 수 있도록 도우며 환자의 젖은 눈에서 감사를 읽는 헌신적인 간호사가 된 기분으로."

기상천외한 굴드

굴드의 지성. 굴드는 자신과 대적할 만한 상대와 함께 '변형체스'를 즐긴다. 굴드 자신이 발명한 것으로, 체스판 위 말의 위치에 따라 규칙이 바뀐다. 게임이 시작될 땐 모든 것이 정상이지만 일단 기본적인 행마가 끝나고 나면, 비숍은 가로로 움직이고 폰은 뒤로 공격하는가 하면 퀸은 가재걸음을 걷는 식이다. 이런 식으로 계속해서 기존의 게임을 뒤엎는 규칙이 추가로 생기고 그 변수로 인해 게임은 박진감 넘치게 복잡해진다. 자신의 수는 물론 상대의 수도 미리 읽어야 하지만, 앞으로 일어날 규칙의 변화까지 예측해야만 하는 것이다.

굴드가 자찬했다.

"규칙이 이렇다보니 전세가 엎치락뒤치락하는 게 가히 장관이라 할 만하지요. 대국이 그야말로 흥미진진합니다. 그에 못지않게 권태도 좀더 오래 견뎌야 하긴 하지만요. 더 깊이 생각해야 하니까요."

조심스러운 마지막 두 문장의 의미는 이렇다. 굴드에겐 이제껏 이 변형체스를 결판낸 판이 없다. 요컨대 그가 시작한 변형체스가 아직까지 죄다 동시 진행중이다. 가장 오래된 게임은 삼 년 전으로 거슬러올라가는데 한 주에 여덟 시간씩 게임이 지속되고 있다.

"그럼 삼 년간 두 분이서 행마는 각각 몇 번씩 하신 겁니까?"

"여섯 번요."

*

발명가 굴드. 어느 날 내가 굴드의 서재에서 방 주인이 오기를 기다리고 있자니 백지 한 장이 꽂힌 구형 타자기 한 대가 눈에 들어왔다. 나는 타자기 소리를 워낙 좋아하는지라 몇 자 쳐보고 싶은 욕구를 억누르지 못했다. 되는대로 아무거나 몇 자 두드리고 결과를 확인한 나는 백지에 인쇄된 두 어절에 놀라지 않을 수 없었다. 우리는 여기서. 나는 눈을 감고서 다시 아무 글자나 두드렸다. 눈을 떠보니 다른 네 어절이 찍혀 있었다. 배우는 것이 거의 없고. 나는 그제야 비로소 이 타자기가 예사롭지 않음을 깨닫고 글자들을 아무렇게나 전속력으로 두드렸다. 구두점까지 찍힌 한 문장이 완성되었다. 우리는 여기서 배우는 것이 거의 없고, 가르치는 교사도 없다.

굴드가 서재에 들어서며 외쳤다.

"아! 제 타자기를 발견하셨군요!"

그가 두 손을 싹싹 비비더니 물었다.

"선생은 지금 황홀한 걸작의 집필을 체험하고 있는 거예요. 기분이 어떠십니까?"

"그게 무슨 소리죠?"

그가 자신의 발명품에 대해 설명했다.

"선생이 방금 치신 문장은 로베르트 발저가 쓴 『벤야멘타 하인학교』의 첫 부분이에요. 제가 어떤 글자를 치더라도 걸작이 써지는 타자기를 발명했지요. 이제 이 타자기 덕분에 책상에 앉기만 하면 반나절 만에 힘들이지 않고 걸작을 낳을 수 있게 됐습니다. 메뉴에 발저만 있는 게 아니에요! 프로그램이 시리즈로 있어요!"

굴드가 타자기의 버튼을 눌렀다. 용수철 퉁기는 소리가 들려며 타자기 옆면에서 금속 카세트가 튀어나왔다. 굴드가 카세트를 책상 서랍에 넣더니 서랍 속에 든 다른 것들을 열거했다.

"조지프 콘래드, 앙리 드 몽테를랑, 자크 샤르동, 앰브로즈 비어스, 마르셀 프루스트 한 권씩, 호르헤 루이스 보르헤스는 두 권이 있군요. 자, 프루스트를 한번 써보시죠, 기막히게 재밌어요."

굴드가 타자기에 프루스트 카세트를 넣더니 내게 한번 써보라고 권했다. 나는 장난기가 발동해서 k, z, w와 같이 좀처럼 쓰이지 않는 알파벳들만 골라 두드렸다. 내 어깨 너머로 굴드가 종이에 찍히는 글자들을 천천히 읽었다.

"오랫동안 나는 일찍 잠자리에 들었다…… 음, 우리의 걸작이 바로 이렇게 시작하는군요!"

굴드가 무척 즐거워하며 너털웃음을 터뜨리더니 말했다.

"언젠가는 『잃어버린 시간을 찾아서』 1권의 1부 「콩브레」*와 2부 「스완의 사랑」을 내리 쓰느라 이 책상에 스물일곱 시간을 앉아 있었던 적도 있어요. 그때 제가 어떤 상태였는지 선생은 상상도 못하실 겁니다. 꼭 마약에 취한 것 같았다니까요. 끼니도 샌드위치를 가져오게 해서 대충대충 때웠죠."

---

* '콩브레'는 프루스트의 고향 마을 '일리에'에 프루스트가 붙인 문학적인 지명. 프루스트 사후에 '일리에'는 아예 '콩브레-일리에'로 지명이 변경되었다.

굴드가 내 자리에 앉더니 몇 글자를 타이핑했다. 손가락을 전부 사용하는 품이 진짜 타자수라도 된 듯했다. 나는 읽지 않고도 종이에 찍히는 글을 알아맞힐 수 있었다. 때로 양초가 채 다 꺼지기도 전에……

굴드가 자기 발명품의 성능을 앞으로 어떻게 고차원화할 것인지 설명했다.

"물론 지금으로선 기초적인 수준입니다. 초고 과정이나 교정 등 최종 원고를 얻기 위한 별도의 수고 없이 곧바로 최종 결과에 도달해버리니까요. 흐뭇하긴 하지만 아무래도 현실성은 좀 떨어지죠. 그래서 이 문제점을 보완하기 위해 연구중입니다. 물론 선생은「콩브레」같은 구조의 텍스트를 다른 단계로 재현해낼 수 있는 기계는 절대 없을 거라고 말씀하시겠지요, 옳은 말씀입니다. 하지만 책의 전체적인 요소요소를 고심하며 구성하지 않고도 대략적인 절차를 비슷하게 밟으며 원고를 들여다볼 수도 있을 거예요. 프루스트가 원고를 되짚어보며 퇴고를 거듭하고 단락들을 구성하는 열정적인 작업을 한 것처럼, 언젠가 제 기계도 『잃어버린 시간을 찾아서』를 여유롭게 생산해내는 날이 올 겁니다."

나는 잠시 생각에 잠겨, 진실을 탐구하려는 이 지난한 연구와 굴드의 발명품의 기본 요소인 즉각적인 즐거움이 과연 양립할 수 있을 것인지 자문했다. 굴드의 발명품은 아무런 노력을 들이지 않고도 천재가 된 듯한 착각이 들게 하기에 재미난 것이다. 만일 이 기계가 사용자한테 작가들이 겪는 것과 맞먹는 창작의 고통을 안긴다면, 과연 이 기계를 사용하려는 사람이 있을까? 나는 이 의문은 입안에 꾹 눌러둔 채, 프루스트는 타자기 대신 펜과 잉크를 사용했다는 사실만 상기시키는 것으로 만족했다. 굴드가 대답 대신 눈을 찡긋하더니 그 점에 관해 다른 계획이 있다고 말했다. 나는 그가 무엇으로 만들지, 어떻게 작동시킬지 생각해보지도 않은 채, 『잃어버린 시간을 찾아서』를 쓰는 펜을 꿈꾸는 것은 아닐까 짐작해보았다. 더구나 이 대화를 나눈 이후로 굴드는 감감무소식이다. 연구가 어디까지 진척됐는지 물어봐야겠다.

*

굴드의 틀림없는 후각. 굴드와 교류하는 사람들에겐 익숙한 장면 하나. 바로 그와 함께 산책하다가 그가 불현듯 소스라치며 동작을 멈추는 장면이다. 그는 조용히 하라고 요청한 뒤, 사냥감을 발견하고 멈춰 선 사냥개의 코믹한 자세로 코를 쳐들어 킁킁거리며 냄새를 맡는다. 몇 초 후 판결이 떨어진다. 잘못 짚었다며 실망한 채 산책을 계속하거나, 아니면 환하게 빛나는 얼굴로 의 기양양하게 검지를 높이 쳐들며 이렇게 선언하거나. "이 부근에 문학이 있어요!"

그렇게 되면 대개 한 시간 남짓 이어지는 굴드의 탐색전에 동 행해야 한다. 그는 직감이 이끄는 대로 집들을 따라 달리는가 하 면 울타리를 밀쳐보고, 계단을 오르는가 하면 우체통을 살핀다. 그러다 마침내 숨을 헐떡이며 어떤 집 문 앞에 이르러 단언한다. "여기군요."

굴드는 초인종을 눌러 집안으로 들어가게 될 경우(실은 늘 있 는 일이다. 그는 입담이 보통이 아니어서 커피까지 대접받는 일 이 다반사다), 자신의 레이더망에 포착된 물건을 찾기 시작한다. 대개는 서재에 꽂힌 희귀본이라든가 서랍 구석에서 잠든 편지라 든가 서랍장 속에서 잊힌 원고 등이 발견되고, 간혹 해당 장소의 주인이 유명 작가의 미공개 사진들을 보유한 작가의 자손이라든 가 굴드에게 들려줄 추억거리를 간직한, 한때 작가가 알고 지내 던 여인일 때도 있다. 굴드는 자신이 찾는 것의 정체를 밝혀내기 위해 수사관처럼 질문을 던지고 장소를 샅샅이 살펴보며 암중모 색한다. 그가 탐색에 실패하는 경우는 드물다. 간혹가다 가택을 수색당한 집주인이 굴드가 발견한, 자신은 존재조차 몰랐던 물건을 굴드에게 내주는 경우도 있다.

굴드의 이 놀라운 후각에 호기심이 발동한 나는 한 가지 실험을 감행했다. 안타깝게도 기대한 결과를 얻지는 못했지만. 바로 우리가 주로 산책을 다니는 길가에 내가 몇 달째 작업중인 소설의 원고를 숨겨둔 것이다. 내 원고가 과연 굴드의 후각 레이더에 포착될 것인지 적이 궁금했다. 굴드와 산책을 하는 내내 심장이 두근두근하다가, 원고를 숨겨둔 장소에 가까워지자 돌연 박동이 빨라지며 쿵쾅거리기 시작했다. 나는 굴드가 과연 언제쯤 발걸음을 늦추고는 탐색하듯 코를 킁킁거릴 것인지 궁금해하며, 신경을 곤두세운 채 친구의 반응을 살폈다. 그런데 이게 웬일인가! 굴드는 아무것도 느끼지 못한 채 계속해서 쾌활하게 수다를 떨면서 내 책을 3미터나 훌쩍 지나쳐버리는 게 아닌가! 나는 지독한 낭패감에 사로잡혔지만 안간힘을 다해 내색하지 않고 이럭저럭 그 시간을 넘겼다. 해가 떨어지자 나는 문학적인 향기를 풍기지 않는 내 원고를 도로 찾아와 불구덩이에 던져버렸다.

*

굴드의 위급 상황. 굴드와 교류하는 사람들에게는 익숙한 또다른 장면 하나. 바로 굴드가 저녁식사 초대를 받은 자리에서, 의자에 앉아 불편한 기색이 역력하게 입을 꾹 다물고 몸을 비비 트는 모습이다. 욕실로 안내하겠다고 조용히 제안하는 여주인에게 그는 소리를 낮춰 이렇게 대답한다. "그보다는 조용한 방으로 안내해주시고 백지와 펜을 갖다주시지 않겠습니까? 지금 막 시상이 떠올랐는데 오래 붙들어두진 못할 것 같습니다."

*

굴드의 가계도. 굴드에겐 니콜라-조제프-마리라는 이름의 프랑스인 조상이 있다. 그는 18세기에 사형집행인이었는데, 1789년 프랑스대혁명 때 정의의 이름으로 그에게 보내진 민중의 수많은 적들을 단두대에서 참수하는 일로 혁명에 기여했다.

나는 굴드의 정치적인 선택을 아는지라 빙긋 웃으며 넌지시 말했다.

"니콜라-조제프-마리는 선생 가문에서는 검은 백조일 것 같군요."

굴드가 대답했다.

"천만에요, 오해하지 마십시오. 니콜라-조제프-마리는 실은 왕을 숭배하고 계몽주의를 경계했던 열렬한 전통주의자였어요. 하지만 어리석게도 혁명을 그르치는 최선의 방법은 혁명을 극단으로 몰아가는 거라고 생각했지요. 해서 그는 분노한 상퀼로트*들에게 헌신적으로 협조해 프랑스의 새 주인들에게 열혈 애국자라는 환상을 심어준 겁니다."

이렇게 말한 굴드는 자신의 조상이 1792년 그레브 광장에서 사형을 집행하는 장면을 조각한 판화가 있다는 것을 기억해내고는 상자들을 뒤져 판화를 찾아내 내게 건넸다. 거기에는 수많은 민중에 둘러싸인 채 사형수를 단두대의 목 넣는 구멍에 밀어넣고 있는 한 남자가 보였다. 그런데 무엇보다 매우 충격적인 세부묘사 한 가지가 내 눈에 번쩍 띄었다.

"아니, 머리가 없잖아요, 선생 조상님요!"

"우리 가문 사람들 모두가 그렇듯 우리 조상님도 너무 양심적이어서 말이죠. 당시 단두대는 최신 발명품인지라 우리 조상님은 당신이 몸소 미리 시험해보지 않고는 사형수들한테 적용할 수가 없었던 겁니다."

---

* '반바지를 입지 않은'이란 뜻으로, 프랑스대혁명 당시 귀족들이 입던 반바지를 거부하고 긴 줄무늬 바지를 입었던 민중군의 별명.

*

　굴드의 이웃. 굴드는 런던의 코벤트 가든에 있는 매력적인 아파트에 세를 얻었다. 공간이 매우 협소했음에도 구조가 어찌나 기술적으로 설계되었던지 성인 두 명이 기거하면서도 좁다는 생각이 들지 않을 정도였다. (사실 협소함은 여자들과 있을 땐 장점이기도 하다. 내가 굴드였다면 조금만 움직여도 몸이 맞닿는 이 공간을 불편한 대로 정부들과의 밀회 장소로 사용했을 것이다. 하지만 굴드는 내 말엔 아랑곳없이, 접이식 침대라든가 바퀴 달린 책장, 구석에 우스꽝스럽게 붙박을 수 있도록 특별히 제작된 미니 싱크대를 실연해 보이느라 바빴다.)

　언젠가 굴드와 내가 웨스트엔드를 산책하고 돌아오는 길에 갑작스럽게 쏟아진 고약한 소나기를 맞은 날이었다. 아파트 계단에서 마주친 한 발랄한 청년이 비에 젖은 우리의 웃옷을 지적하는 재치 있는 말을 던졌다. 스물다섯 살쯤 되었을까. 청년의 멋스러운 고급 서류가방과 광택이 반드르르한 아름다운 구두가 눈에 들어왔다. 옷차림에 늘 까다로운 굴드가 추천해준 수제화점에서 보았던, 내가 그리도 갖고 싶었던 값비싼 구두와 똑같은 것이었다.

우리가 그날 낮시간을 어떻게 소일했는지는 더는 기억나지 않는다. 하지만 밤 열시경엔 여느 때와 다름없이 펍에 가서 한 잔씩 들며 다트 게임을 했고 이는 새벽 두시까지 이어졌다. 우리는 약간 얼큰해지고 피로해져서 귀가했고, 나는 굴드가 나를 위해 펼쳐놓은 훌륭한 소파 겸용 침대에 한시라도 빨리 드러누울 생각에 급급했다.

그런데 아파트 앞에 도착하니, 보도에 언뜻 보기에도 술에 잔뜩 감긴 걸인같이 허름한 사내가 지푸라기 부대처럼 널브러져 있었다. 내가 맨 처음 하려던 행동은—명예롭지 못한 행동이라는 걸 인정한다—이 고주망태를 성큼 타넘고서 무시한 채 가버리는 것이었다. 하지만 인정 많은 굴드는 고주망태에게 황급히 달려가 부축해 일으키려 했다.

"좀 도와주시겠어요?"

나는 굴드가 지시하는 대로 그를 도와 함께 고주망태를 일으켜서 아파트 복도의 우편함 밑으로 끌어다놓았다. 우리가 할 수 있는 건 여기까지였다. 가련한 사내가 알아들을 수 없는 말을 몇 마디 웅얼거리며 셔츠 칼라에 침을 흘렸다.

굴드가 판단했다.

"여기라면 적어도 춥진 않을 거예요."

나는 방탕한 삶이 이 사내에게 어떤 손실을 가져왔는지 관찰했다. 사내는 쉰 살 남짓일 테지만 스무 살은 더 먹어 보였다. 불그죽죽한 양볼은 붉은 반점으로 얼룩덜룩했고 턱은 부스럼으로 뒤덮였다. 입술은 심하게 갈라지고 눈 밑은 푸르뎅뎅한 다크서클이 내려앉았다. 품위 있는 구석이라곤 고급 천으로 솜씨 좋게 재단한 양복뿐이었는데 그나마 구겨지고 더러운 얼룩이 묻어 있었다. 대체 어떤 정신 나간 인간이 고주망태한테 이런 근사한 양복을 준 건지 의아할 따름이었다.

굴드가 이 처량한 광경을 보더니 한숨을 내쉬었다. 내가 걱정스럽게 물었다.

"여기 이대로 두실 거예요?"

굴드가 나를 돌아보았다.

"그럼 어쩌겠어요? 이대로 자게 두는 수밖에요. 아침에 깨어나면 자기집으로 올라가겠죠."

나는 화들짝 놀랐다.

"여기 사는 사람이에요?"

"아무렴요. 기억 안 나세요? 오늘 마주치지 않았습니까? 육층에 사는 플레이보이 말이에요, 반질반질 윤나는 구두를 신었던."

나는 도무지 믿기지 않아 낙오자를 자세히 뜯어보았다. 이자가 낮에 마주쳤던 잘생긴 청년이라고? 말도 안 돼!

"올라가시죠, 설명해드릴 테니."

우리는 굴드의 집으로 올라갔다. 굴드는 다기를 차려놓고는 이웃 청년의 충격적인 삶을 들려주었다.

청년의 이름은 먼로, 직업은 예술품 중개인으로 한가할 틈이 없었으며 양복이 입증하듯 부유하고 취향도 세련된 인물이었다. 이 이상적인 사윗감의 문제는 요컨대 술이었다. 그는 알코올중독이었고 매일 필요 이상으로 술을 마셨다. 낮 동안은 풍부한 유머 감각과 상식으로 무장한 활달하고 근면한 청년이었지만, 해가 떨어지기 무섭게 산만하고 흥분 잘하고 호전적으로 변해서는 땀을 흘리기 시작했다. 그가 급기야 가장 가까이 있는 맥주 통으로 다가가면, 돌이킬 수 없는 상황으로 바뀌었다. 먼로는 체계적으로 취해갔다. 저녁식사도 잊고 고주망태가 될 때까지 마시다가 우리가 목격한 그 상태로 귀가하는 식이었다. 그나마 상황이 좀 나은 날에는 네발로 계단을 기어올라가 무사히 침대에 들기도 했다. 하지만 다른 날들, 바로 오늘 같은 날에는 보도에 정신을 잃고 널브러졌다. 그는 한밤중까지 술을 마시다가 깨어나 귀가했고, 다음날이면 모든 것이 다시 시작되었다.

굴드가 덧붙였다.

"이 모든 게 슬프도록 뻔한 얘기죠. 술이 그 친구의 일신에 끼치는 특수한 현상을 제외한다면 말이에요. 그 친구한테서 나타나는 술의 효과는 그야말로 굉장하거든요. 몇 시간 만에 전혀 딴사람이 되니까요. 외모가 완전히 바뀌죠. 늙고, 병들고, 호흡도 가빠지고. 술이 간과 신장을 기록적인 속도로 파괴하는 거죠. 갑자기 나이를 두 배로 먹고 방탕한 삶의 흔적이 뚜렷한 술에 전 늙은이가 돼버려요. 선생도 목격하셨잖아요, 오후에 마주친 정상적인 상태(이렇게 말할 수 있다면요. 그 친구한테도 절제가 원칙이고 술에 감기는 것이 예외인지는 확신할 수 없으니까요)와 밤에 변신한 상태를요. 그 둘이 같은 인간이죠. 채 반나절도 안 되어 대개는 수십 년이 걸리는 쇠락의 온갖 단계를 겪는 겁니다. 우리가 구해준 처참한 술꾼이 될 때까지 말이에요."

"그렇다면 이제 그 잘생긴 청년은……"

"걱정 마세요, 내일이면 새로 태어날 테니까요. 먼로의 과음이 탁월한 건 바로 그 때문이죠. 술이 몇 시간 만에 그 친구를 작살내는 건 사실이지만 이 특수한 현상은 얼마 못 가 사라지거든요. 먼로는 하룻밤의 과음으로 술에 전 수십 년 인생을 아우르고, 단 두 시간의 수면으로 십 년간의 치료와 금주 생활을 축약하죠. 술을 마신다는 게, 진짜로 술을 마신다는 게 무엇인지, 또 다음날

아침이면 젊고 건강한 모습을 되찾는 속성 해독이 무엇인지를
보여주는 유일한 사례요 살아 있는 표본이라고 할까요."

굴드가 차를 음미하며 생각에 골똘하더니 말했다.

"언젠가 먼로와 펍 앞에서 우연히 마주친 김에 같이 취해본 적
이 있어요. 하여간 뭘 했다 하면 대강 하는 친구가 아닌 것만은
분명하더군요."

"어련하겠습니까."

"처음엔 그 친구를 보며 지킬 박사와 하이드 씨를 떠올렸지요.
낮에는 플레이보이, 밤에는 술꾼. 그런데 실은 그보다는 도리언
그레이를 더 닮았더라고요. 먼로는 다양한 마법의 희생자인 일종
의 속성 도리언 그레이예요. 도리언 그레이가 자신의 쇠락의 흔
적을 배질 홀워드의 그림에 대신 새기고 그 초상에 세월과 함께
그의 쇠락의 흔적이 차곡차곡 쌓여가는 반면, 먼로는 매일 밤 자
신의 육체에, 평생 술을 마셔온 사람 같은 쇠락의 흔적을 남기는
겁니다. 도리언 그레이가 자신의 온갖 험한 꼴을 공간 속에 풀어
놓았다면, 먼로는 시간 속에 응축한다고 할까요.'"

나는 흥미로운 분석이라고 생각했지만 침묵했다. 나도 취기라
면 어지간히 알고 있음에도 오늘밤 일은 굴드가 혹여 나를 놀리
는 것은 아닌가 하는 의문이 들었기 때문이다. 우리는 잠자리에

들었다. 나는 먼로와 그의 불가사의한 만취 상태에 대해 회의를 품다가 꿈 한 번 꾸지 않고 그대로 곯아떨어졌다.

다음날 눈을 떠보니 오전 아홉시경이었다. 굴드는 아직 자고 있었다. 좋은 친구인 나는 굴드가 사족을 못 쓰는 영국 빵집들 중 한 곳으로 브런치를 사러 나가다가, 계단에서 전날의 쾌활한 청년과 마주쳤다. 그는 멋진 회색 양복을 입고 있었다. 청년과 관련된 모든 이야기가 일시에 떠오른 나는 그와 마주한 채 어쩔 줄 몰랐다. 승무원 같은 외모의 이 당당한 근육질 청년이 어떻게 우리가 전날 밤에 구해준 그 무기력한 고주망태란 말인가! 적이 어리둥절해진 내가 바보처럼 배시시 미소를 지어 보이자 청년은 우아하게 고개를 숙이며 내가 지나가도록 길을 내주었다. 내가 자신을 살짝 스치자 그는 바로 내 팔목을 움켜잡으며 중얼거렸다. "감사합니다." 청년은 경쾌한 발걸음으로 거의 뛰다시피 다시 계단을 올라갔다.

---

* 오스카 와일드의 『도리언 그레이의 초상』에서, 아름다운 청년 도리언 그레이가 자기 자신은 아름다운 모습 그대로 변하지 않는 대신, 화가 배질 홀워드가 그린 자신의 초상화가 자신이 저지른 온갖 악행의 흔적을 뒤집어쓰고 늙어간다는, 악마의 계약을 맺은 것에 빗댔다.

＊

굴드의 여행. 한번은 내가 기차역으로 굴드를 마중 나갔다. 그는 뭔가에 정신이 팔려 있었는데 누군가를 찾기라도 하듯 끊임없이 뒤를 돌아보았다. 동시에 입가에는 금방이라도 재미있는 이야기가 튀어나올 듯 야릇한 미소가 걸려 있었다. 내가 무슨 일이냐고 묻자 이런 이야기가 돌아왔다.

"기차에서 제 맞은편에 체구가 작고 주위가 산만한 대머리 남자가 앉았거든요. 기차가 출발하기 무섭게 그치가 가방에서 수첩하고 나침반하고 지도를 꺼내더니 우리 사이에 가로놓인 작은 테이블에 지도를 한껏 펼쳐놓더라고요. 양피지로 보이는 아주 낡은 지도였어요. 프랑스 지도라는 게 한눈에 보였죠. 그치가 슬쩍슬쩍 나침반을 참조해가면서 지도를 열심히 들여다보더니 다시 가방을 뒤지더군요. 이번에는 끝이 뾰족한 컴퍼스를 꺼내 지도에 놓고서 갖가지 크고 작은 원을 그려보더니 결과에 흡족한 눈치였어요. 저는 그게 다 뭐하는 거냐고 묻고 싶었지만 감히 방해할 수가 없었어요. 그치의 기이한 행동은 계속됐어요. 이번에는 육분의＊로

＊ 천체와 지평선 사이의 각을 측정하는 기구.

보이는 복잡한 도구와 첫번째 것보다 훨씬 큰 두번째 나침반을 꺼냈어요. 혼천의*나 천문관측의, 또는 아르발레트**라도 옮기는 것일까요? 그렇게 목적지에 이를 때까지 두 시간이 흘렀어요. 우리는 기차에서 내려 플랫폼에 섰지요. 그치가 의심스러운 눈초리로 주위를 두리번거렸어요. 마치 제트기를 타고서 아이티 해변에라도 내린 양. 저는 선생을 만나려고 그치를 떠나오긴 했지만 중간중간 멈춰 서서 뒤돌아보지 않을 수 없었어요. 그치는 플랫폼에서 군중 틈에 섞여 지나가는 사람들에게 유리 도구들을 잔뜩 든 양손을 내민 채 서 있더군요. 그치가 어디서 온 건지 알 수만 있다면 저는 아무리 비싼 대가라도 치를 겁니다."

*

굴드의 일화. 어느 날 아침, 나는 굴드를 불시에 방문했다. 그는 면도를 하느라 얼굴의 반이 거품으로 뒤덮여 있었다. (굴드에게는 고급스러운 은제 면도칼과 물소 뿔에 진짜 오소리 털로 만든

---

* 천체의 위치와 운행을 관측했던 기구.
** 천체를 관측하는 옛 도구, 현재의 육분의.

면도솔이 있다.) 그런데도 굴드는 나를 흔쾌히 집안으로 들인 뒤, 수염을 깎고 있자니 몽테스키외의 책에서 읽은 일화가 생각난다며 그 구절을 암송했다. "스페인 왕 카를로스 2세가 약혼녀인 포르투갈 공주를 데려오기 위해 함대를 보냈다. 왕에게 공주를 배에 태울 준비가 되었고 면도도 시켰다는 전갈이 도착했다. 왕이 그럴 필요 없다고, 자신은 면도한 보……를 전혀 좋아하지 않는다고 말했다. 왕이 공주를 돌려보내거나 혐오감을 느낄 것을 우려한 대신들이 해군 장수에게 공주의 털이 다시 자라날 때까지 기다리라고 명령했다. 털 한 올 한 올이 한 국가의 운명에 얼마만큼 중요한 역할을 하는지 알 수 있는 일화다."*

*

굴드의 취미 생활. 굴드가 회원으로 가입한 단체 중에 추리소설 애호가 모임이 있는데 일종의 종교 집단 같은 이 단체는 일 년에 두 번, 각각 프랑스와 영국에서 정기 모임을 갖는다. 이 단체의 회원들이 열광하는 게임들이 있는데, 굴드가 어떤 것들인지 규칙

---

* 몽테스키외 사후에 출간된 『수필집 *Le Spicilège*』에 수록되어 있다.

을 설명해주었다. 가령 게임 진행자가 자신이 상상한 범죄 장면을 묘사하면 회원들은 이 범죄 장면을 바탕으로 스토리를 상상해야 한다. 가장 그럴듯한 시나리오를 생각해낸 사람이 승자다. 또는 진행자가 잘 알려진 추리소설을 제시하면 작품을 최대한 변경하지 않으면서 범인만 바꾸는 게임도 있다. 이 경우엔 원작과 가장 유사하면서도 전혀 다른 결말을 이끌어낸 사람이 승자다. 회원들은 이와 비슷한 유형의 게임을 수십 종씩 즐기며 신나서 어쩔 줄 몰라했다.

어느 날 내가 예고 없이 굴드를 방문했을 때 그는 마침 이런 게임 하나를 준비하고 있었다. 그가 설명했다. "이야기의 출발점은 몸길이 28미터에 무게가 130톤 나가는 푸른 고래예요. 이 고래가 이유도 없이 바닷가에 떠밀려온 거죠. 4월의 어느 날 아침, 해변을 거닐던 산책객들이 죽은 채 바닷물을 뚝뚝 떨어뜨리는 이 어마어마한 고래를 발견합니다. 여기서부터 게임 참가자들이 각자 수사를 벌여야 하죠. 고래의 표류를 그럴듯하게 설명하는 시나리오를 짜는 겁니다." 내가 게임의 단순함에 놀라며 크게 복잡해 보이진 않는다고 하자 굴드가 대꾸했다. "이야기를 끝까지 들으셔야죠. 고래가 발견된 장소가 대서양에서 700킬로미터나 떨어진 프랑스 동단의 두Doubs 지방에 있는 낭수생탄이어야 한다는 조건이 있거든요." 굴드가 눈썹을 치키고는 덧붙였다. "이런 조건이라면 논리적인 설명을 찾아내는 것이 또다른 얘기라는 게 이제 이해되시죠?" 굴드가 킁킁대다가 요란하게 코를 풀더니 덧붙였다. "뭐니뭐니해도 게임이니까요……"

*

굴드의 자기력. 어느 날 예고 없이 굴드를 방문했더니, 그가 여행가방을 꾸리느라 여념이 없었다.

"여행 가세요?"

"그렇게 됐습니다!"

"그렇게 됐다니요?"

"네, 이게 다 에르난 수아소 때문이죠. 이 친구가 여동생을 만나러 파리에 온다지 뭡니까?"

굴드가 수아소라는 이름의 사내와 자신의 관계에 대해 설명했다. 두 사람은 수년 전부터 기이한 현상을 겪고 있는데, 두 사람 사이에 서로를 밀쳐내는 일종의 혐오 자기력이 작동한다는 것이었다.

"만일 우리 둘이 서로 충분한 거리를 두지 않으면, 우리는 병이

나고 몸이 불편해지고 쇠약해져요."

"병이 난다고요?"

"네, 병이 나요. 불면증을 겪는다든가 갑자기 몸에 열이 오른다든가 소화불량, 우울증, 무기력증 등을 앓지요. 수아소가 저와 가까워지면 몸이 아프다가, 멀어지면 바로 괜찮아져요. 수아소 편에서도 마찬가지고요. 그러니까 우리 둘한테 가장 이상적인 건 되도록 서로에게서 멀리 떨어져 사는 거예요. 지구를 반으로 가른 양극단에 살아야 한다고 할까요. 하지만 그렇게까진 할 수 없고, 실은 1000 내지 2000킬로미터 정도만 떨어져 있어도 충분합니다. 이 상태로 수아소는 자기가 사는 대륙에, 저는 저대로 제가 사는 대륙에만 있으면 아무런 문제가 없죠."

"그럼 가까워지면 어떻게 되는데요?"

"말씀드렸잖습니까, 몸이 불편해지는 여러 가지 증상을요. 우리는 최대한 조심하고 있지만 사고를 늘 피할 수는 없는 노릇이죠. 한번은 부주의하게도 그만 같은 국가, 즉 스페인에 머물게 된 적이 있어요. 저는 카스티야에, 그 친구는 갈리시아에 있었죠. 우리는 영문도 모르는 채 지독한 고통을 겪다가 이틀이 지나서야 깨달았어요. 우리가 서로에게 가까워도 너무 가까이 있다는 사실을요. 그러니 우리가 같은 시기에 마드리드에 갈 계획을 세웠을 때는 대체 어땠겠습니까?"

"어떻게 됐죠?"

"다행히도 무사히 넘어갔어요. 각자 사는 곳에서 발이 묶이게 됐거든요. 마치 자기장이 우리가 위험지대로 진입하는 걸 막기 위해 우리를 밀쳐내듯 말이죠."

굴드가 셔츠를 접어 여행가방에 넣더니 덧붙였다.

"참으로 난처한 노릇이에요. 실은 에르난 수아소는 매력적인 친구고 우리는 죽이 썩 잘 맞거든요. 만나는 건 불가능하지만 대신 우리는 편지를 자주 주고받아요."

다단식 책

굴드: 더러 겉으로 보이는 것보다 더 많은 것을 간직한 책들이 있어요. 선생은 채 200쪽이 못 되는 소설을 하룻저녁에 끝내고선 이 책을 완독했다고 생각하겠지요? 천만의 말씀! 얇은 두께는 눈가림에 지나지 않을 뿐, 실은 읽어야 할 것이 2천 쪽, 2만 쪽, 20만 쪽이 될지도 모를 일이라고요! 이 책을 읽는 데 하룻저녁이 아니라 열흘, 백 일, 천 일, 어쩌면 평생이 걸릴지도 몰라요!

나: 연재소설 말씀인가요?

굴드: 연재소설이라고요? (그가 언성을 높였다.) 천만에! 절대 그렇지 않아요! 연재소설도 아니고 대하소설도 연대기도 시대물도 아닙니다. 제가 말하는 책들은 유한한 동시에 무한해요, 겉보기

엔 짤막한 듯해도 실상은 분량이 어마어마하다고요. 보기보다 더 많은 것을 품고 있는 러시아 인형처럼 책 속에 다른 책들이 겹겹이 들어 있는 다단식 책이랄까요. 이 다단식 책들 중 어떤 것들은 사람들이 읽으면서도 그 속에 숨겨진 풍부함을 알아채지 못하고 무엇을 놓쳤는지 인식하지 못한 채 책장을 덮게 되는데, 바로 이 책들이야말로 최고 중의 최고지요. 이 책들은 영리한 독자가 간파해낼 때까지 코믹한 승부욕으로 비밀을 꼭꼭 숨기고 있거든요. 반면 솔직한 쪽을 택한 다단식 책들도 있지요. 이 책들은 바로 메시지를 전하며 색깔을 시원하게 드러내요. 또 이 양극단 사이에서 균형을 꾀하는 책들도 있고요. 요컨대 독자에게 이중 구조라는 걸 알리긴 하지만 그 속내에 다가가는 방법까지 일러주진 않는 책들이지요. 어찌되었건 이쯤이면 제 마음이 이 중에서도 첫번째 책들, 어떤 실마리도 언질도 없이 입도 뻥긋하지 않는 벙어리 같은 책들에 기울었다는 걸 선생도 눈치채셨을 겁니다. 이 책들의 정체를 밝혀내는 건 감미로운 기쁨이요, 저와 같은 책 숭배자들한테는 자부심의 동기거든요.

내가 이 대단하다는 '다단식 책'에 대해 여전히 이해하지 못하자, 굴드는 본격적인 설명에 들어갔다.

그는 우선 폴 라스팔리에르(1880~1955)라는 작가의 소설을 죄다 보여주는 것으로 시작했다. 그것들은 총 열세 권으로 전권이 1904년에서 1954년 사이에 집필, 출간되었다. 굴드가 강조했다. "정확히 오십 년 동안 집필되고 출간됐어요. 이 딱 떨어지는 숫자 50에 저는 라스팔리에르가 애초에 모든 것을 예견하고 계획했으리라는 심증을 굳혔지요." 작가로서 라스팔리에르의 경력은 일견 평탄했다. 플로베르 스타일의 평범한 소설로 등단한 뒤, 좀더 개인적이고 간혹 독창적이기까지 한 소설들을 발표하다가, 마지막으로 누보로망의 영향을 받은 듯한 난해하고 복잡한 시대소설 세 권을 남겼다. 하지만 작품세계의 변화 속에서도 그가 한결같이 고수한 한 가지가 있었다. 바로 작품들이 죄다 더도 덜도 아닌 딱 열 줄짜리 문단들로 토막토막 구성되었다는 것. 라스팔리에르는 또한 같은 인물을 반복적으로 등장시키길 즐겼다. 그가 쓴 소설들 여기저기서 같은 이름을 찾아볼 수 있는데 작가의 말에 따르면 이 동일성은 그의 게으름이 원인인즉슨 여기선 어떤 메시지도 찾지 말아야 했다. ("나는 일단 인물 하나를 탄생시키면 할 수 있는 한 모든 걸 시킵니다.")

하지만 실상 반복되는 등장인물은 문단을 나누어 글을 쓰는 기법과 마찬가지로 아무런 의미가 없는 것이 아니었다. 실제로 라스팔리에르 사후에, 그가 세상에 출간한 열세 권의 소설 외에 다른 책들도 썼다는 것이 드러났다. 수십, 수백, 어쩌면 수천 권의 책을. 보다 정확히 말하자면 '썼다'고 말할 순 없지만, 결과적으로는 매한가지였다. 요컨대 라스팔리에르의 소설들은 '조합 가능'하다. 이 소설 저 소설에서 한 단락씩 뽑아내는 식으로 원하는 만큼 얼마든지 소설을 조합할 수 있는 것이다.

굴드가 설명했다. "라스팔리에르의 액면 그대로의 소설 열세 권이 후세에 전해지지 않고 그대로 묻혔던들 이 소설들을 재료 삼아 조합할 수 있는 잠재 소설들의 성전 또한 없었겠지요. 그렇게 생각하니 아찔하군요. 상상이 됩니까? 라스팔리에르는 소설을 처음 쓸 때부터 이미 머릿속에 큰 그림을 그리고서 한 해 한 해 자가 증식하는 작품을 썼던 거예요. 신작들의 매 문단은 자동으로 이전에 썼던 작품들, 혹은 앞으로 쓸 작품들의 새로운 단락이 되는 셈이죠. 그러니 단어 하나를 사용하더라도 매번 현재 작업하는 책뿐만 아니라 과거, 그리고 미래의 책들에도 올바르게 부합하는지 염두에 두어야 했지요. 정말이지 대담한 문학적 성취요 놀라운 정보분석력이라 하지 않을 수 없습니다."

라스팔리에르 소설의 비밀이 밝혀진 이후로 굴드를 포함한 숭배자 그룹이 열세 권의 소설 속에 산재한 단락들을 재료 삼아, 라스팔리에르가 쓰지 않았지만 쓴 셈인 수백 권의 소설을 재구성했다. 굴드가 결론을 내렸다. "결국 이 열세 권의 책은 열세 편의 '소설'로 볼 것이 아니라 수백만 가지 가능성 가운데서 선택된 열세 가지 예시로 봐야죠. 이제 나머지 잠재 소설들을 구체화하는 건 우리들 몫이고요. 우리 숭배자 그룹은 이미 208편의 소설을 구성했고, 이 가운데는 추리소설, 모험소설, 또는 대화만으로 이루어진 철학 수필도 포함돼 있습니다. 심지어 제가 개인적으로 가장 화끈한 대목들만 골라내 재조합한 얇은 포르노 소설 세 권도 포함됐고요. 물론 이것들의 완성도는 들쑥날쑥합니다. 어떤 조합들은 얼렁뚱땅 짜맞춰서 구성도 조잡해요. 하지만 장담컨대 어떤 것들은 탁월한데다 심지어 모태, 즉 라스팔리에르가 골라내 출간한 열세 가지 조합을 뛰어넘기까지 합니다. 이것으로 라스팔리에르에게 이 열세 가지 소설의 출간은 완성이 아니라 자신의 소설 재료들을 제시하는 방식에 다름 아니었다는 제 생각이 확고해지는군요. 요컨대 라스팔리에르에게 출간은 목적이 아닌 수단이었던 거죠."

굴드가 잠시 나를 응시하더니 미간을 찡긋거렸다. "선생이 무슨 말을 할지 짐작이 갑니다. 그렇다면 라스팔리에르의 글을 단락별로 컴퓨터에 입력해 프로그램화한 뒤, 컴퓨터가 우리 대신 이야기의 가능한 조합을 죄다 토해내게 하면 되지 않느냐, 우리가 수년간 머리 싸매고 끙끙댈 일이 몇 분 만에 해결될 것이다, 뭐, 이런 얘기 아닙니까?"

내가 그런 생각은 눈곱만큼도 해보지 않았다고 반박했지만 굴드는 개의치 않고 말을 이었다.

"물론 컴퓨터를 사용하면 일도 쉽고 우리도 수고할 필요가 없겠지요. 하지만 그건 라스팔리에르의 의도를 배신하는 행위가 될 겁니다. 그가 우리한테 이 수천 가지 소설의 가능성을 제시한 건 은행 데이터처럼 컴퓨터 프로그램에 넣고 휘익 돌리라는 뜻에서가 아니니까요. 라스팔리에르가 쓴 단락들을 조합하는 건 기계적인 일이 아니라 학자, 나아가 작가의 일이에요. 단순노동이 아닌 예술이고, 이야기에 대한 후각과 촉각과 감각을 요구하는 작업이라고요. 앞 단락과 가장 그럴듯하게 어우러질 단락을 찾아 헤매는, 막막하고도 인내를 요하는 연구 속에 우리 작업의 아름다움이 있는 겁니다. 컴퓨터가 뱉어내는 수십만의 소설들은 서로 간에 차이도 없고 봉합사의 교정을 거치지도 않죠. 정작 소설들을 최고로 만드는 건 동사의 시제를 바꾼다거나 중복되는 어휘를 제거하는 등 우리가 원고를 매만짐으로써 살짝 개선되는 바로 이 점 때문인데 말입니다. 네, 장담컨대 라스팔리에르의 글을 재조합하는 사람들은 작가예요. 라스팔리에르도 바로 이런 의도로 작품을 기획한 거고요. 약간의 재능을 갖춘 용기 있고 의지가 강한 사람들이 글을 쓰기 위해 의욕적으로 재료를 길어올리는 일종의 개방된 도서관을 만들겠다는 의도 말이에요."

*

두번째 사례는 스위스 작가 페르디낭 에르퀼이 1940년대 초반에 내놓은 소설 『서늘한 아침들』이다. 굴드가 설명했다. "언뜻 보면 이 소설은 전혀 특별하지 않아요. 아마 선생한테 이 책을 살펴보라고 십 분, 아니 한 시간을 드린다 해도 여타 소설과 다를 게 없다고 생각하실걸요. 십중팔구는 재미있어하실 거고요. 작가의 필력이 훌륭한데다 유머도 세련된 편이거든요. 물론 제 사견이긴 합니다만, 제가 제 판단을 가치 없다고 여길 만큼 겸손한 인간이 아니란 건 선생도 익히 아시죠? 요는 이 책이 선생한텐 어떤 식으로든 독특해 보이지 않을 것이고, 그렇다면 왜 이 책이 제 컬렉션에 당당히 자리를 차지하고 있는지 궁금하실 거란 얘깁니다."

나는 굴드가 밝히기 전에 내가 먼저 이 책의 비밀을 간파하고 싶다는 은근한 희망을 품으며 『서늘한 아침들』을 훑었다. 굴드가 말을 이었다.

"저도 그랬어요. 저도 선생처럼 처음엔 『서늘한 아침들』이 평범하다고 생각했더랬죠. 저한테 이걸 판 사람은 '남작'이라고 불리던 괴짜 서적상이었는데 오래전에 저세상으로 가서 영혼의 안식을 누리고 있죠. 귀족도 아닌데 왜 그렇게 불렸는지는 도무지 알 길이 없군요. 어쨌거나 그 남작이란 치가 이 책이 대단한 물건인 양 떠벌리면서 저한테 발견의 기쁨을 남겨주겠다는 구실로 그 이상의 설명을 함구하는 통에, 제가 그만 넘어가 호된 값을 치르고 가져왔지요. 다 읽는 데 두 시간 남짓 걸리더군요. 아무런 특출한 점도 보이지 않아 재차 읽었지만 결과는 매한가지였어요. 세 번을 읽어도 허사였고요. 화가 치밀어서 남작한테 쫓아가 따졌더니 의기양양해하며 낄낄거리는 거예요. 그러고는 제가 『서늘한 아침들』을 세 번이나 읽으면서도 못 보고 지나친 것이 무엇인지 가르쳐주더군요."

굴드가 긴장감을 끌기 위해 뜸을 들였다.

"알고 봤더니 겉보기엔 평범하기 그지없는 이 얇은 소설이 실은 이제껏 한 번도 쓰인 적 없는, 세상에서 가장 놀라운 다단식 책이지 뭡니까. 이 책은 첫눈엔 라스팔리에르의 소설 열세 권에 비해 덜 인상적이지요, 보다 소박하고 은근하니까요. 하지만 제 생각엔 집필 의도로 보나 완성도로 보나 이 책이 몇 수 위예요. 현재로선 제 컬렉션 가운데 단연 최곱니다. 아직도 제가 이 책을 속속들이 알지 못한다고 단언할 수 있을 정도니까요."

우선 읽히는 『서늘한 아침들』의 줄거리는 이 책의 외피일 뿐이지만, 주의깊게 읽지 않는다면 겉으로 드러나는 이 표면적인 이야기가 전부라고 생각하기 쉽다. "우리의 발밑에 있는 온갖 지층이며 암석이며 광석과 마찬가지로, 이 소설에도 속을 파내며 접근해야만 보이는 텍스트의 층이 숨어 있습니다." 즉 이 소설 속에는 또다른 소설들을 비롯해 단편, 수필, 기도문, 시, 언어유희 등 온갖 종류의 보이지 않는 텍스트가 존재했고, 에르퀼은 이 텍스트들을 독자 스스로 찾게 하기 위해 아무런 열쇠도 제공하지 않았다. 굴드는 이 숨겨진 텍스트들을 부차도서副次圖書라 불렀다. "남작이 가르쳐준 첫번째 부차도서는 비교적 찾기 수월한 거였어요. 단어를 하나씩 건너뛰며 읽으니, 주인공만 똑같고 이야기는 완전히 다른 두번째 소설이 나오더군요. 문장이 좀 서걱거리긴 하지만 제 생각에 내용은 훨씬 심오합니다. 다음으로 남작은 짝수 쪽의 첫 단어들이 아크로스틱*을 형성하고 있음을 보여주

* 이합체 시. 각 문장의 앞 글자 또는 앞 단어만 따서 읽으면 새로운 텍스트가 나타나는 형상시.

고는, 이제 문이 두 개나 열렸으니 나머지는 스스로 찾아보라고 하더군요."

이렇게 해서 굴드는 지난 십오 년 이래 『서늘한 아침들』을 끊임없이 재독하며 그때마다 새로운 비밀을 발견했다.

—소네트*(각 쪽의 첫 단어와 마지막 단어를 뽑아내고, 장章의 구분에 따라 시행을 띄운다)

—리포그램**(제11장의 경우 스물여섯 쪽에 달하는데 알파벳 P가 단 한 번도 나오지 않는다)

—숨은 문장들(두 글자에 한 글자, 혹은 쪽에 따라 세 글자에 한 글자씩 읽으면 문장들이 완성된다. 더러 같은 쪽 내에서도 두 글자에 한 글자씩 읽느냐 세 글자에 한 글자씩 읽느냐에 따라 다른 결과가 나온다. 심지어 네 글자에 한 글자씩 읽어서 얻게 되는 문장도 있는데, 201쪽의 경우 세련의 절정이다. 네 글자에 한 글자씩 읽어서 얻은 네 문장이 네 가지 시선으로 바라본 동일한 이야기인 것이다)

—에로틱한 그림(좌우 양쪽에 걸쳐 존재하는 알파벳 q***를 연

---

* 각 행이 10음절인 14행시.

** 특정 알파벳이 들어가지 않은 단어들로만 구성된 글이나 시.

*** 프랑스어의 알파벳 q는 '음경'을 뜻하는 단어 'queue'와 발음이 흡사하다.

필로 모두 이어 그린다)

　ㅡ기타 등등

　"저를 포함해서 『서늘한 아침들』의 이야기 속에 숨겨진 것을 알아내고 계속해서 또다른 새로운 비밀을 발견하려는 프랑스어권 독자들은 소수예요. 『서늘한 아침들』을 번역하는 건 당연히 불가능하니까요. 우리는 해마다 심포지엄을 열고 각자 발견한 것들을 교환합니다. 가장 묵직한 산토끼를 건져올린 사람이 영웅처럼 박수 세례에 파묻히죠. 그러고 보니 저도 세 번이나 동료들의 감탄을 자아냈다는 사실을 말씀드리고 싶은 욕구를 억누를 수가 없군요. 한번은 단어마다 끝에서 두번째 글자를 모으니 도사린 죽음에 관한 짧은 수필이 발견되었어요. 다른 한번은 앞선 발견자의 실수를 정정했고요. 홀수 쪽마다 북서 대각선과 남동 대각선 방향으로 글을 읽으면 단편 하나가 발견된다는 주장이었는데, 제가 보기엔 영 설득력이 없었어요. 에르퀼은 숨겨진 부차도서들이 죄다 완벽하다고 명예를 걸고 단언한 바 있는데, 앞선 이가 발견했다는 단편은 용두사미도 그런 용두사미가 없었거든요. 마지막으로 세번째 발견에 대해선 제 자부심이 적잖습니다. 바로 마지막 서른 쪽에 걸쳐 숨겨놓은 에르퀼의 유언을 발견했거든요. 마지막 줄에선 첫번째 단어를 읽고, 끝에서 두번째 줄에선 두번째 단어, 끝에서 세번째 줄에선 세번째 단어, 이런 식으로 계속 읽어나가면 내용이 드러납니다. 에르퀼의 공증인이 제 발견을 사실이라고 인정해줬지요. 제겐 이제껏 승리한 체스 게임 전체를 합한 것보다 더 자랑스러운 사건이었어요."

굴드가 미소 짓더니 계속했다.

"아! 선생의 눈빛이 벌써부터 사금 채취자의 열정으로 번득이는군요. 선생도 어서 발견의 열쇠꾸러미에다 새로운 열쇠 하나를 척 걸어놓고 싶어서 몸이 근질근질하시죠, 안 그래요? 그게 인지상정이죠, 당연히 그럴 거예요. 『서늘한 아침들』에는 독자들이 저마다 모험가가 된 기분을 느끼게 하고, 책을 체에 거르기만 하면 황금이 추출되리라고 생각하게 만드는 요소가 풍부하니까요. 자, 여기 제 책을 빌려드리겠습니다. 누가 알아요, 선생이 행운을 얻게 될지? 하지만 자기 이름을 올리고야 말겠다는 강박이 지나치다못해(새로운 실마리가 발견될 때마다 그 부차도서에 발견자의 이름을 붙이거든요) 환각에 빠진다든가, 소설을 속속들이 투과하는 연산을 엉터리로 발명해대는 저 에르퀼의 애독자들처럼 되지 않도록 주의하세요. 개중에는 야바위가 끝 간 데 없이 멀리 뻗어나가는 치들도 있거든요. 이들은 부차도서를 찾는 실마리를 발견하는 대신 자기들이 아예 이 부차도서를 만들어놓고는 에르퀼의 책으로 쓴 거라며 거꾸로 실마리를 꿰맞추죠. 이런 식이라면 아마 이 세상에 『서늘한 아침들』로 못 쓸 이야기가 없을 겁니다. 글자들을 죄 재구성하기만 하면 될 테니까요."

내가 무심결에 『서늘한 아침들』의 처음 몇 쪽을 읽으며 무의식적으로 실마리를 찾으려 하자(나는 벌써 큐브에 빠져들듯 이 책에 빠져들었다), 내 친구가 내 손에서 살며시 책을 빼앗아 제자리에 꽂았다.

"다시 생각해보니 선생한테 이 책을 읽히는 건 좋은 생각이 아닌 것 같군요. 저나 우리 에르퀼 애독자들 같은 짝이 나기 십상이니까요. 『서늘한 아침들』을 발견한 이후, 저는 혹시 작가가 책 속에 부차도서를 숨긴 것은 아닌지, 책 속 깊은 곳에 창고나 지하실이 있는 것은 아닌지, 내가 더 깊이 파헤쳐봐야 하는 것은 아닌지 자문하지 않고는 책을 읽을 수 없게 돼버렸어요. 부차도서를 찾느라 정작 내용은 읽지 못하게 된 겁니다. 그저 책을 면밀히 살피고 조사하고 앞뒤로 탈탈 뒤지며 책을 단순히 읽을 수 없게 만든 에르퀼을 저주할 뿐이죠."

열 개의 도시 (4)

러시아의 쿠르모스크

쿠르모스크에 있는 고라드라는 동네에서, 1940년 말엽에 주민들이 특별한 이유 없이 동네를 등졌다. 작당을 한 것도 아닌데 너나 할 것 없이 변두리로 이사했고 그뒤 아무도 이들의 자리를 대신하지 않았다. 부동산 가격이 폭락했고, 부랑자들이 빈 아파트를 점령했다. 고라드는 단 몇 달 만에 암거래와 난투와 매춘의 거리로 전락했다. 관리가 부실한 건물들이 무너져내리며 폐허가 되었고 전기에 이어 가스와 수도가 차례로 끊겼다. 도로청소부들도 굳이 위험을 무릅쓰고 이 동네에 발을 들이려 하지 않았다. 길거리는 지저분해지고 오물과 쥐들이 들끓었다. 소방관들마저 이 동네를 꺼리게 되자 숱한 건물들이 화재로 인해 황폐해졌다. 경찰들도 고라드에 더는 신경쓰지 않았다. 순찰차에서 절대 내리는 법 없이 건성으로 휙 지나치는 게 고작이었다.

1970년경이 되자 쿠르모스크에는 고라드에 발을 들였다는 사람이 아무도 없었다. 고라드 전체가 일종의 공동묘지이자, 계속해서 영토를 넓혀가는 무인지대가 된 것이다.

1972년부터는 고라드 인근의 주민들이 이 지옥과 가장 가까운 지역에 산다는 사실에 심히 마뜩잖아하며 불만을 표출하더니 급기야 집과 상점을 버려둔 채 이곳에서 가장 멀리 떨어진 변두리로 이사가버렸다. 누구나 예상했듯 이들이 버리고 간 빈집을 구입하려는 사람은 아무도 없었다. 고라드를 중심으로 원을 그렸던 동네들이 가운데의 블랙홀로 빨려들어갔다. 해가 거듭될수록 블랙홀은 전염병처럼 세를 확장하며 점점 더 먼 곳의 마을들까지 흡수해나갔다. 쿠르모스크의 주민들은 일단 자기들보다 고라드에 더 가까이 살고 있는 주민들이 있는 한은 안심했지만, 고라드가 파도처럼 밀려옴에 따라 자기들이 최근접 주민이 되면 그 상황을 못 견디고 즉시 이사했다.

2012년 현재, 고라드는 사회 비주류층이 거주하는 수천 개의 건물이 밀집한 거대 군락을 형성하고 있다. 몇몇 전문가는 이 지역의 주민이 10만 명을 넘어섰다고 추정한다. 고라드는 사막처럼 은밀하게 계속해서 밖으로 뻗어나가고 있다. 지리학자들의 측량표는 시사하는 바가 크다.

— 1967년 고라드의 면적은 455제곱미터였다.

— 1977년: 1260제곱미터

— 1989년: 3445제곱미터

— 1998년: 8334제곱미터

— 현재: 2만 706제곱미터

고라드와 동시에 인근 지역도 팽창했다. 고라드의 중심부가 넓어질수록 주민들은 이곳에서 더 먼 곳에 정착했다. 대규모 주택 단지가 도시를 벗어났고, 도시가 메뚜기떼처럼 시골 벌판을 삼켜나갔다. 전쟁 이후로 쿠르모스크는 인구 변동 없이 면적만 백배로 늘어났다.

이 지역 출신의 소설가 빅토르 테슬라는 최근에 이런 글을 썼다. "나는 태어나고 자란 몬슬레프에 살고 있지만 나의 모든 이웃들처럼 곧 이곳을 떠날 것이다. 할 수만 있다면 버티고 싶었고, 사람들을 변두리로 떠나게 만드는 일종의 저주받은 망명의 운명을 거스르고 싶었다. 내가 이사하고 나면 어떤 일들이 벌어질 것인가? 고라드는 쿠르모스크에서 계속해서 영토를 확장해나가다가 결국 언젠가 내가 새로 이사간 집마저 삼킬 것이다. 얼마나 더 많이 도망다녀야 할까? 예상컨대 끝도 없이 도망다니다가 모스크바며 볼고그라드며 노보시비르스크까지 가게 되리라. 우리 다 같이 이 점에 관해 생각해봐야 한다. 살던 곳을 비우기보다는 그 전에 고라드 주위에, 체르노빌 원자력발전소의 방사능 유출을 막는 석관처럼 콘크리트 벽을 둘러쳐 죽음의 도시가 확장되는 것을 막아야 하는 것은 아닐까? 그러지 않으면 저주받은 운명은 끝간 데 없이 계속되리라. 고라드는 부피를 늘릴 것이고 쿠르모스크도 더불어 팽창하다가 어느 날 인근 도시들을 침범하고 잠식할 것이다. 이런 식으로 몇 세기 후에는 쿠르모스크가 러시아를, 이어서 유럽 전체를 흡수할 것이고, 인류는 좁다란 테두리만 남은 고라드 외곽으로 내몰릴 것이며, 이 종양이 온 세계를 삼키고 소화하고 파괴할 것이다. 그때가 되면 생존자들은, 혹여 존재한다면 말이다, 쿠르모스크의 문어발식 장악력이 지구에 한정되기를 빌면서 다른 행성을 식민지로 삼아야 하리라."

부인된 책

어느 날 나와 함께 산책을 나갔다가 돌아오는 길에 굴드가 묘지 쪽으로 돌아가자고 제안했다. 내가 걸을 만큼 걸었다고 했지만 굴드는 고집을 꺾지 않았다. 우리는 공동묘지로 들어갔고 사이프러스* 밑을 성큼성큼 걸어 한 묘석 앞에 멈춰 섰다. 내가 묘비명을 읽었다.

클로드 게라르

석학

---

* 애도의 상징으로 묘지에 많이 심는다.

문화예술훈장 수훈자

1886~1970

내가 이 양반은 누구냐고 묻자 굴드는 짜증을 내며 망자한테
는 '양반'이라는 말을 쓰는 게 아니라고 상기시켰다. 그는 잠시
침묵한 채 지켜보라고 이른 뒤, 이윽고 헛기침으로 목청을 가다
듬고는 나의 궁금증을 풀어주었다.

"게라르 씨는 저와 좀 알던 사입니다. 저는 저이에 대해 어느
정도 호감을 갖고 있었지만 저이는 절 미워했어요. 네덜란드에
정착해 살면서 근 이십 년간 저한테 애걸하다시피 부탁한 걸 제
가 번번이 거절했거든요. 작가였어요. 걸출하진 않았지만 여하간
작가는 작가였죠. 또 전혀 흥미롭지 않은 건 아니었고요. 장편들
은 그만그만한데 단편들은 꽤 읽어볼 만해요. 그 밖에 희곡을 두
편 썼는데 이것들이 대단히 독창적이지요. 등단을 일찍 했어요.
스무 살인 1908년에 『타락한 소굴』이라는 소설을 출간했는데 이
게 반향이 컸죠. 제목의 의미는 다음 기회에 말씀드리겠습니다.
이 빛나는 한 방으로 게라르 씨는 가히 광적이라 할 만한 명성을
얻었어요. 특히 문학에 관심이 많은 중산층이 그를 칭송했고, 그
는 이 첫 작품이 보여준 가능성을 제대로 지켜나갈 수 있을까 하

는 기대를 한몸에 받았지요.

하지만 게라르 씨는 몇 년이 흐르도록 아무것도 출간하지 못하다가, 1914년 제1차세계대전이 터지자 마른전투에 징병됐어요. 그가 전장에서 돌아왔을 때 왼팔이 있던 자리엔 팔 없이 잘린 자국만 남아 있었죠. 휴머니즘으로 새롭게 무장한 정신과, 젊은 날 자신의 신조가 불건전했다고 느끼는 듯한 눈빛도 함께. 그는 『타락한 소굴』을 부인하더니 초고를 불태워버리고는 '진짜' 자기 길을 가기 시작했습니다. 전쟁 전까지 자신이 쓰고 생각했던 모든 것이 미성숙한 어린애 장난 같고 수치스러웠던 거지요. 이 수치심은 마음의 짐으로 남아 좀처럼 수그러들지 않았어요. 정작 작가 자신은 내쳐버린 이 『타락한 소굴』을, 아직도 누구든 구입할 수 있다는 생각에 좌불안석이었지요. 새로이 『타락한 소굴』을 읽은 독자들이 책임을 묻는 것은 아닌지 두려웠고요. 해서 게라르 씨는 전국에 있는 『타락한 소굴』을 긁어모아 하나하나 파기하며 젊은 날의 흔적을 지우기 시작했어요. 그는 가명으로 광고를 내서 『타락한 소굴』을 갖고 있는 이들로부터 책을 사들였고 책값은 다달이 폭등했어요. 그렇게 거둬들인 오십 권 남짓한 책들은 조용히 불속으로 사라졌지요. 게라르 씨는 혹시 외국인들도 구매했을 수 있다는 데 생각이 미치자 벨기에, 독일, 영국, 러시아 그리고 바다 너머 미국의 신문에도 광고를 냈어요. 어떤 판본이건 상태에 상관없이 『타락한 소굴』을 구입하려는 그의 열정이 전 세계에 알려지자 책 수집가들의 관심을 끌었고 책값도 덩달아 뛰었죠. 게라르 씨는 발행된 책을 죄다 거둬들이기 위해 점점 더 많은 지출을 해야 했어요."

굴드의 얼굴에 빈정거리는 웃음이 흘렀다. 타인의 불행이 그에게는 때로 사악하고 유아적인 즐거움을 불러일으킨다. 그가 말을 이었다.

"얼마 못 가 세상에 떠도는 『타락한 소굴』을 찾아내 파기하는 것이 게라르 씨의 두번째 직업이 돼버렸고, 나중에 다시 얘기하겠지만 이는 그의 집필 활동까지 침해할 정도였어요. 어쩌면 '직업'이라는 말로는 부족할지 모르겠군요. 게라르 씨는 이 일에 자신과 후손의 명예까지 걸었으니까요. 『타락한 소굴』을 호된 값에 파는 서적상들을 저주하면서도 그들에게 책을 또 찾아주면 더욱 엄청난 값을 쳐주겠다고 약속했지요. 그는 변함없이 파리에 거주하면서 일주일에 두세 번씩 『타락한 소굴』을 찾아 파리 시내의 서점이란 서점을 모조리 순례했고 서점에서도 서적상이 놓쳤을 법한 구석의 선반들을 샅샅이 뒤졌어요. 지방의 각 도시엔 사람을 보내 도서관을 열람하게 한 뒤 자신의 책이 발견되면 훔치거나 파기하라고 지시했고요. 열다섯 권가량은 프랑스와 벨기에에서 자신이 직접 훔치고는 피해 도서관에 익명의 기부를 하는 것으로 양심을 달래기도 했지요. 요컨대 게라르 씨는 자신의 이름이 찍혔지만 존재를 도저히 용납할 수 없는 일부 문학작품의 처단에 인생이 짓눌린 편집광이 돼버린 겁니다. '처단'이라는 단어가 과격하긴 하지만 게라르 씨도 다른 단어를 사용하진 않았을 거예요.

그는 초판 발행 부수 2500권을 죄다 회수하려면 몇 권이 더 남았는지 계산하기 위해 파기한 도서들의 수를 세어나갔어요. 1945년 시점에 총 2470권이 제거되었죠. 그는 나머지 서른 권은 폭격으로 불탔거나 대대적인 피란통에 유실되는 등 전쟁의 아비규환 속에 사라졌으리라 자위했지만, 자신의 추적이 끝을 보지 못했다는 좌절감은 끝내 어쩌지 못했어요. 그러다가 다행히도 안나라는 이름의 네덜란드 여인을 만나 사랑에 빠져서 그녀의 모국어를 익혔고 그녀와 함께 네덜란드 북쪽의 흐로닝언에 정착하게 됐지요. 새 삶을 시작한 겁니다."

굴드가 입을 닫았다. 이제 그가 어떻게 게라르를 만나게 되었는지만 말하면 되었다.

"다음 얘기는 선생도 짐작하시리라 생각합니다만, 제가 『타락한 소굴』한 권을 보유하고 있었고 게라르 씨가 이 사실을 알게 됐다는 것이죠. 이 책이 어떻게 해서 제 서재에 들어왔는지는 모르겠습니다. 이 책이 저한테 있다는 것을 게라르 씨가 어떻게 알았는지는 더더욱 모르겠고요. 여하튼 게라르 씨는 여전히 강박의 괴물에 사로잡혀 있던바, 저한테 책을 사겠다는 편지를 보내왔지요. 그가 제시한 가격은 온당했어요, 제정신인 인간이라면 당연히 받아들였겠지요. 하지만 선생도 절 아시잖습니까? 저는 그 횡재를 덥석 물지 않았어요. 답장도 하지 않았고요. 일이 점점 흥미진진해지리라는 예감이 들었죠. 한 달 뒤, 다시 편지가 왔습니다. 그 얼마 뒤에도 또. 편지가 거듭될 때마다 책값도 뛰었어요. 네번째로 편지를 받았을 때 제가 거절하는 답장을 보냈더니, 아예 직접 집으로 들이닥치더군요. 순전히 제 책을 빼앗겠다는 일념으로 장거리 여행을 감행한 겁니다. 저는 버텼어요. 다음에도, 세번째에도, 네번째에도 끄떡하지 않았죠. 그뒤로도 방문과 편지와 전화와 전보가 숱하게 이어졌어요. 나중에는 게라르 씨의 집착이 존경스럽기까지 하더군요. 물론 한풀 꺾인 시기도 있었고 그럴 때면 한동안 절 조용히 내버려두었지만, 이윽고 다시 설득이 시작됐지요. 사정이 그러하니 육 개월 동안 소식이 끊겼을 때도 저는 그가 얼마 못 가 값을 두 배로 올리겠노라는 전화를 해오리라는 걸 알 수 있었습니다. 게라르 씨는 하다 하다 절도까지 시도했어요. 어느 날 귀가해보니, 문이 부서져 있고 책들이 바닥 여기저기 널브러져 있는 게 아니겠어요? 제 책들이 여러 장소에 분산돼 있고『타락한 소굴』이 이 주소에 없다는 사실을 모르는 채, 자기 손으로든 사람을 시켜서든 제 서재를 뒤진 것이죠."

굴드는 자신이 책 한 권만 양도했다면 행복하게 해줄 수 있었을 남자의 무덤을 골똘히 응시했다. 내가 물었다. "그래, 끝내 꺾이지 않았어요?" "네, 절대 안 꺾였죠. 두 가지 이유에서였습니다. 첫째,『타락한 소굴』은 제 서재의 새로운 컬렉션인 '부인된 책' 섹션의 첫 작품이었어요. 작가가 자신의 작품임을 부인한 책들을 모아놓은 섹션인데 무척 흥미롭습니다. 나중에 보여드리죠. 게라르 씨의 책이 첫 소장서다보니 저한텐 특별한 가치를 지니는데다 후에 다른 쟁쟁한 작품들이 모였어도 이 책의 가치를 뛰어넘진 못했어요. 자신의 작품을 부인하는 데 그토록 열성적인 작가도 드물거니와 부인하다못해 아예 몸소 책을 파기하러 다니는 경우는 더더욱 드문 까닭에,『타락한 소굴』은 여전히 이 컬렉션 최고의 작품으로 남아 있죠. 요컨대 게라르 씨의 제안에 흔들리지 않았던 건 아니지만, 제가 돈에 좀 약하다는 건 선생도 아시죠? 이 책과 헤어지는 일은 저에게도 그만큼 고통이 따르는 일이었다, 그런 말씀입니다."

굴드가 큼큼 헛기침을 하더니 말을 이었다.

"두번째 이유는 저보다는 게라르 씨 본인을 위한 거였어요. 저는 그이의 집필 활동을 격려하고 싶었습니다. 『타락한 소굴』을 파는 것을 거절함으로써, 게라르 씨의 마음의 평화를 빼앗고 그 불안감과 갈증을 바탕으로 계속해서 글을 써나가도록 밀어붙이고 싶었달까요. 세상의 모든 『타락한 소굴』을 찾아 파기하는 일은 그의 존재의 근간이자 작가로서의 삶의 원동력이 되었어요. 그 목표를 이루지 못하는 한 그는 늘 고뇌에 차 있고 긴장 상태인 겁니다. 달리 말한다면 항상 글을 쓸 태세이고 글을 쓸 거라는 것이고요. 안나와의 만남으로 그의 광기는 다소 잦아들었고 그녀와 네덜란드로 떠나면서 문학은 아예 뒷전이 되었죠. 그랬는데 제가 『타락한 소굴』을 갖고 있다는 정보가 그의 가슴속에 잠자던 불씨를 되살린 거예요, 아시겠습니까? 제가 만일 책을 양도했더라면 그의 창작력의 원천은 말라버렸을 것이고 그는 더는 한 줄도 쓰지 못했을 거예요. 단언하건대, 제 덕분에 한 작가가 사멸하지 않고 꿋꿋이 버틸 수 있었던 겁니다."

내가 끼어들려 했지만 굴드는 여지를 주지 않았다.

"무슨 말씀을 하시려는지 압니다. 게라르 씨가 작가 활동을 이어간 것이 그 때문이라는 증거가 어디 있느냐는 거죠? 옳습니다,

제 직감을 증명할 방도는 없어요. 하지만 제 추론을 떠받치는 실마리들은 있지요. 게라르 씨가 두 시기에 걸쳐 생산한 작품들을 비교해보면 됩니다. 네덜란드에서 아내와 함께 평화롭게 살던 시기와 제가 『타락한 소굴』을 갖고 있다는 걸 알고 난 이후의 시기 말이죠. 한쪽은 쥐어짜낸 듯한 재미없는 단행본 몇 권이 전부라면 다른 한쪽은 기상천외한 시집들과 집이 불타고 있기라도 하듯 악마처럼 마구 휘갈겨 써내려간 바로크식 소설들, 그리고 광기가 살짝 흐르는 고귀하고 위대한 작품들이 포진해 있어요. 자, 그렇다면 제가 게라르 씨한테 과작寡作에 몹쓸 글을 쓰게 하기 위해 책을 돌려줘야 했을까요? 아니면 다작에 훌륭한 글을 쓰게 하기 위해 그대로 간직해야 했을까요? 당연히 후자지요! 어쩌면 그한테서 안락한 가정생활을 빼앗은 것일 수는 있지만(안나와의 사이에 자식을 셋 두었죠), 어디까지나 그로 하여금 자기도 모르게 글을 쓰도록 몰아붙인 건 저라고 생각합니다. 신경을 거스르는 걸림돌이 없었다면 그는 당연히 글을 쓰지 않았을 거예요. 그 걸림돌이 바로 저의 거절이었고요! 오늘날 저는 그의 작품이 줄줄이 쏟아져나오게 된 데 일조했다고 자부하는 바예요. 아마 제가 그의 인생을 비정상적으로 휘둘렀고 저와 상관없는 일에 끼어들었다고 생각하는 사람들도 있겠지요. 하지만 저의 가치관—

선생의 가치관도 저와 같다는 걸 알고 있습니다—으로 미루어 제게 다른 선택의 여지가 있었을까요?"

*

며칠 후, 굴드는 약속대로 내게 게라르의 『타락한 소굴』이 맨 앞에 자리잡은 '부인된 책' 컬렉션을 보여주었다. 이 섹션에 모인 모든 작가들이 게라르처럼 자신의 작품을 물리적으로 파괴하려 했던 것은 아니었다. 개중에는 다르게 대처한 이들도 있었다.

'부인된 책'의 작가들 가운데 가장 야심찬 아르튀르 마르틀랭 (1910~1987) 또한 정신적인 위기를 겪은 이후 자신의 초기 소설들을 부인했다. 놀라운 것은 그가 소설들을 부인하는 방식이었다. 마뜩잖은 두 소설을 그늘에 조용히 묻어둔 채 그 소설들에 대해선 더는 이야기하고 싶지 않다고 설명하는 대신, 이 소설들은 자기가 쓴 것이 아니라 자기와는 하등 상관없는 동명이인의 작품이라고 세상이 믿게 하는 데 주력했던 것이다. 그는 제2의 아르튀르 마르틀랭을 창조한 뒤, 자신이 부인한 책들을 동명이인의 것으로 만들기 위해 시시하다고 생각하는 소설은 죄다 동명이인의 이름으로 서명했다. 굴드가 설명했다. "이 천재적인 아이디어를 떠올린 마르틀랭은 즉시 자신을 둘로 나누어 두 사람 몫의 작가 경력을 이끌어갔어요. 1950년에 첫 소설(실은 세번째 소설로, 제목이 아이로니컬하게도 『새로운 출발』이죠)을 출간한 것으로 돼 있는 자기 자신의 경력과, 이십 년 전에 그가 부인하고 싶은 두 소설을 쓴 것으로 돼 있는 가짜이자 진짜인 동명이인의 경력을요. 그는 첫 두 소설에 대한 질문을 받으면 경멸 어린 표정으로 이렇게 답했어요. '잘못 아셨소, 선생. 그 책들은 나와 동명이인인 아르튀르 마르틀랭이란 작자의 것이오. 흔히들 우리를 혼동하는데 내가 피해가 이만저만이 아니라오. 그치가 별 볼일 없는 작가거든.' 속임수가 통하려면 속임수를 계속 발전시켜야 했지요. 해서 마르틀랭은 또다른 아르튀르 마르틀랭의 이름으로 꾸준히 책을 출간했어요. 그의 형편없음을 증명하기 위해 못 쓰려고 무진 애를 쓰면서 말입니다. 역설적인 건, 바로 이 가짜 마르틀랭이 진짜보다 더 큰 성공을 거두었다는 것이죠. 편집자가 첫 두 소설을 한 권으로 묶어 개정판을 내자고 할 정도였으니까요. 이 개정판은 물론 날개 돋친 듯 팔렸고요."

외제니 라발(1889~1939)의 경우는 문학계뿐만 아니라 정신분석학계에서도 관심을 가졌다. 상징주의 시인 연합 회원인 그녀는 1930년에 자신의 시집들 일부를 부인했는데, 시집이 미흡해서는 아니었다. 이 시집들은 그녀가 자랑스러워하는 여타 시집들과 다를 바 없었다. 아마 일시적인 변덕 탓이었던 듯한데 그녀 자신도 설명할 방도를 알지 못했다. 기이한 것은, 그녀의 부인의 비논리성과 연관이 있을 텐데 이 부인이 망각으로 변형되었다는 것이다. 외제니 라발은 이 시집들이 자신의 작품집 목록에서 제외되었다고 생각한 뒤, 자신이 그것들을 쓴 적도 없다고 믿게 되었다. 누군가 이 시집에 대해 언급하면 그녀는 깜짝 놀라며 뭔가 착오가 있는 것 같다고 대답했고, 시집 표지에 박힌 그녀의 이름을 보이면 누군가의 장난이라고 응수했다. 더러는 벌컥 역정을 내며 어쨌든 자신이 쓰고 안 쓴 것은 자기가 더 잘 안다고 덧붙이기도 했다. 외제니는 진심이었다. 그녀는 문제의 글들을 부인하다못해 아예 뇌에서 흔적도 없이 지워버리기에 이른 것이다. 그녀는 자신이 완벽하게 만족하는 작품들만 썼다고 확신한 채 평화롭게 죽음을 맞이했다.

한스 메뉴인(1900~1970) 또한 자신의 작품을 부인한 작가였다. 베를린에 살던 청년 메뉴인은 서른 살에, 당시 독일 철학계에 한 획을 그은 출중한 철학 시론인 『배교신학』을 출간했다. 일 년 뒤, 문득 영감을 얻은 그는 이 책이 오류투성이며 자신의 결론이 틀렸음을 깨달았다. 작가는 즉시 『나의 「배교신학」을 다시 읽고 비판한다』라는 책을 써서 이듬해에 출간했다. 뒤이어 쏟아진 서른 권 남짓한 그의 저서들은 하나같이 그의 첫 책에 대한 비판을 심화한 내용들로 몇 작품만 언급하자면 다음과 같다. 『반反 배교신학』(1936), 『거꾸로 본 배교신학』(1939), 『수정된 배교신학』(1945), 『배교신학의 근본적 오류』(1950), 『배교신학, 아동을 위한 동화』(1951), 『배교신학의 배신』(1960). 굴드가 설명했다. "결국 한스 메뉴인의 작품 전체가 부인인 셈이고, 바로 그 때문에 제가 그를 이리도 우러르는 겁니다. 이 명민한 학자가 새로운 개념을 발견하기보다는 자신의 첫 작품을 반박하는 데 자신의 모든 에너지와 인생의 절정기를 바쳤다는 사실이 정말 감동적이지 않습니까? 존재의 모든 노력이 자신의 첫 생각을 반박하는 데 쓰였다니요. 첫번째 생각에 그 정도로까지 집착하려면, 정신력이 아주 강하고 새로운 것에 대한 갈증을 조금도 느끼지 않아야 할 거예요! 그렇기는 하지만 『반배교신학』을 자세히 읽어본 사람이라면 메뉴인이 자신의 문제의 시론에서 전혀, 철저할 만큼 전혀 진일보하지 못했다는 것을 알 수 있을 겁니다. 문제의 시론을 조목조목 반박하는 어떤 사상도 찾아볼 수 없지요. 그는 평생토록 제자리걸음만 한 거예요. 따라서 메뉴인은 저서가 없다고 할 수 있죠. 그의 책들은 첫 책을 무효화하기 위해 존재하는 것이니까요.

혹시 저서가 있다고 한다면 이 부인에 대한 강박관념에서 찾아야 할 테고요."

*

이 놀라운 컬렉션 중에서 내가 백지 상태의 커다란 노트 한 권을 발견하자 굴드가 말했다. "아! 그 책에 대해선 말씀드리지 않으려 했는데, 선생이 이왕 손에 집어드셨으니 한마디 안 할 수가 없군요. 겸손하지 못하다 해도 할 수 없죠, 뭐. 그 책은 제 소설입니다. 그 책 덕분에 저도 제 컬렉션에서 한 자리를 차지했죠. 제자랑은 아니지만 그 책은 아마 부인된 문학 역사상 가장 빨리 부인된 책일 거예요. 제 머릿속에는 그 책의 줄거리가 세부 사항까지 그려져 있었지요. 배경도 정해졌고, 등장인물도 구축됐고, 대화도 죄다 매듭지었고, 오랫동안 숙성시킨 첫 문장과 마지막 문장도 완성되었어요. 소설의 그림이 보다 명확해질 때까지 수주간 이야기를 머릿속에서 굴리고 또 굴렸죠. 그런데 이게 영 아닌 겁니다. 영 글렀더란 말입니다. 어찌나 형편없던지 글로 써서 부화하기도 전에 알 상태에서 제가 다 부인했을 정도니까요. 이 정도면 기록 아닌가요, 네?"

열 개의 도시 (5)
이집트의 라파르 항

라파르 항에 만수르 소루르라는 이름의 사내가 살았다. 그는 전직 택시 운전사로 근 사십 년간 자신이 나고 자라서 외우다시피 하는 도시의 거리를 누볐다. 그의 표현을 따르자면 마침내 "장갑을 벗어놓을 때"가 되자 그는 박탈감에 갈피를 못 잡고 급속히 침울해졌다. 삶이 무료했다. 처음 몇 주 동안은 마치 서서히 중독 치료를 하려는 듯 매일 차를 몰고 라파르 항을 누비고 다녔다. 아내의 조언대로 취미를 개발하기도 했다. 당구장에도 가고 포커 게임장, 사격장에도 출입했지만 만수르는 이내 흥미를 잃었다. 실연당한 연인에게 솔로 생활이 무미건조하듯, 그는 이 도시에 살면서도 이곳에서 더이상 종일토록 운전할 수 없다는 것이 못

내 괴로웠다. 육 개월 남짓한 무위도식 끝에 의사가 우울증 진단을 내리려는 찰나, 그는 한 가지 아이디어를 떠올렸다.

1979년 10월 10일, 만수르는 집의 창고를 비운 뒤 11일부터 13일까지 온 도시의 공사판을 뒤져 재활용할 수 있는 폐자재들을 손에 넣었다. 14일, 마침내 그는 라파르 항을 100분의 1로 축소한 도시 모형을 만들기 시작했다. 이 작업은 그에게 단번에 단순한 여가 이상의 것이 되었다. 그것은 치료법인 동시에 사랑의 행위였다. 이제 모형 만들기는 그의 삶의 전부가 되었다. 그는 미니 라파르 항에 완전히 빠져들었다. 하루에 열 시간씩 두 달여를 작업한 끝에 만수르는 마침내 아내와 이웃의 감탄을 이끌어낸 멋진 도시 모형을 탄생시켰다. 하지만 그는 만족하지 않았다. 해서 이것을 부수고 더 크고 더 충실한 도시 모형을 새로 만들기로 작정했다. 그는 창고의 기둥을 죄다 허물었지만 아무리 공간을 넓혀도 아직 불충분하다는 것을 확인하고는 아예 폐쇄된 물류 창고를 임대해 작업실을 옮겼다.

1980년 1월, 모형 2호의 제작에 착수했다. 십 년이 지나도록 작업은 끝나지 않았다. 만수르는 매일 오전 일곱시에 창고 문을 열고 작업을 시작했다. 모형의 크기는 30×20미터였다. 그는 레일 위를 이리저리 달리는 곤돌라 안에 누운 자세로 이동하며 작업했다. 차츰차츰 만수르의 미니 라파르 항이 진짜와 더욱 흡사해지고, 근접해지고, 정교해졌다. 오후가 되면 그는 창고를 나선 뒤 세심하게 짠 동선을 따라 도시의 각기 다른 구역들을 재차 견학한 다음, 구청들에 새로 심은 나무라든가 페인트를 다시 칠한 건물의 덧창이라든가 변경된 교차로 등을 샅샅이 찾아 메모해두었다. 그러고는 창고로 돌아와 메모한 것을 진짜와 똑같아지도록 극도의 주의를 기울이면서 모형 작업에 반영했다. 그는 더러 자신이 미친 것은 아닌지 자문했다. 아내에게 자주 듣는 타박이기도 했다. 게다가 아내는 남편의 프로젝트가 끝나는 것을 끝내 보지 못했다. 1997년, 만수르가 본인 추정으로 약 70퍼센트의 작업을 끝냈을 때 그만 세상을 하직했던 것이다.

모형은 아직 미완성인데도 만수르의 지인들을 열광시켰다. 이들이 주변에 소식을 퍼뜨렸고 소문은 입에서 입으로 전해져 마침내 도시 전체가 모형의 존재를 알게 되었다. 모형에 대한 문의가 쇄도하자 만수르는 일주일에 하루만 창고를 개방해 대중에게 작품을 관람시켰다. 그는 입장료를 받지 않는 대신 모형을 잘 관찰한 뒤 개선할 점이 있으면 알려달라고 부탁했다. 만수르 작업의 광고 효과가 떨어질 것을 염려한 시청측에서 창고 임대료를 부담했다. 만수르는 두 배의 열정을 기울여 작업에 다시 매진했다. 이 작품을 완성할 수 있을까? 만수르는 더러 의문이 들기도 했다. 진짜 라파르 항이 끊임없이 변화하는 까닭이었다. 이상적인 상황은, 그가 변화한 것들 일체를 모형에 완벽하게 적용해 마침내 실제 모델과 똑같은 축소판을 만들 수 있도록 몇 주간 도시가 변화를 멈추고 정지해 있는 것이리라.

마침내 여든 살이 되던 날, 만수르는 눈도 침침해지고 류머티즘으로 작업이 더뎌지자 자신의 걸작을 여기서 끝내고 더는 손대지 않기로 결심했다. 계산해보니 총 24년 7개월 8일 동안 꼬박 작업했고 결과는 사뭇 뿌듯했다.

시청이 제막식을 주관했고 나라 안 모든 기자들의 관심을 끌었다. 대성공이었다. 만수르는 경계선을 둘러친 목조 관람실에서 모형에 저마다 감탄하며 찬사를 속닥이는 구름떼 같은 대중을 보면서 무한히 자랑스러웠다.

그 많은 관람객 가운데 유독 만수르의 시선을 잡아끄는 이가 있었다. 남자는 미동도 하지 않고 모형에 몰두한 채 어느 한 지점을 유심히 관찰했다. 입가에는 빙긋 미소가 걸려 있었다. 만수르는 처음엔 그가 오점을 발견한 게 아닐까 저어했지만, 이윽고 남자가 관찰하는 것이 무엇인지 알아차렸다. 남자가 만수르에게 다가와 자기소개를 했다. 아불 가이트라는 이름의 남자는 일찍이 이렇게 아름다운 것은 보지 못했노라고 선언한 뒤, 만수르가 짐작하는 질문을 조용히 던졌다. 선생님의 작업실인 창고는 모형을 품고 있습니다. 그렇다면 모형의 창고는 과연 무엇을 품고 있을까요?

만수르가 아불 가이트의 통찰력이 재미있다는 듯 씩 웃더니 제막식이 끝나면 남으라고 일렀다. 관람객이 모두 떠나자 만수르와 아불은 경계선을 넘어 들어가 고개를 숙이고 미니 창고를 들여다보았다. 만수르가 창고의 지붕을 조심스럽게 들어올리자 놀라운 것이 모습을 드러냈다. 아불은 예상하고 있었음에도 절로 튀어나오는 탄성을 어쩌지 못했다. 모형의 창고 안에는 더 작은 또다른 모형이 들어 있었다. 첫번째 모형이 도시를 재현했다면, 이 두번째 모형은 첫번째 모형을 재현한 것이었다. 아불은 축척이 각기 다른 세 가지 라파르 항을 한 날에 보았다고 생각했다. 그가 중얼거렸다.

"그러니까 선생님은 라파르 항의 모형을 하나가 아니라 둘을 제작하신 거로군요." 만수르가 신이 나서 눈을 빛내며 부정의 뜻으로 검지를 흔들더니, 호주머니에서 우표 수집가용 핀셋을 꺼내 들고 손가락 사이로 굴렸다. 이윽고 그가 안경을 쓰고 무릎을 꿇더니 핀셋으로 두번째 모형 속에 있는 자그마한 창고의 지붕을 들어올렸다. 세번째 모형이 모습을 드러냈다. 모형의 모형의 모형이었다. 아불은 말문이 막혔다. 마술쇼를 보고 났을 때와 같이 약간은 바보가 된 기분마저 들었다. 만수르의 마술 상자는 그를 매혹하는 동시에 혼란스럽게 만들었다. 어찌나 얼떨떨한지, 에스허르*의 판화처럼 겹겹이 포개진 모형들을 눈앞에 보면서도 어떻게 수를 세야 할지도 더는 알 수 없었다. 문득 두번째 모형 속에서 세번째 모형 위로 고개를 숙이고 있는 릴리풋**의 소인 두 명을 본 것 같았다. 한 명은 그를, 다른 한 명은 만수르를 닮았다. 그가 더 잘 보기 위해 모형에 바짝 다가가자 만수르가 창고의 지붕들을 차례로 덮었다. 그렇게 해서 두 사람은 다시 현실로, 축척이 1인 진짜 세상으로 되돌아왔다.

---

* 마우리츠 코르넬리스 에스허르. 네덜란드 판화가로 패턴과 공간의 환영을 반복한 작품으로 유명하다.
** 『걸리버 여행기』에 나오는 소인국.

우리의 시대 (3)

스와핑

 1월 1일 이후, 육체적 사랑 행위가 매우 다른 두 가지 결과를 낳았다. 하나는 익히 알려진 것이고 다른 하나는 새로운 것이다. 전자는 세상을 변함없이 돌아가게 하는 것, 즉 오르가슴이고, 후자는 우리 시대 고유의 특징으로 다른 어디에서도 볼 수 없는, 환상소설에서나 있을 법한 현상, 즉 해당 육체들의 상호 치환이었다. 쉽게 말해 남자는 여자의 몸이 되고 여자는 남자의 몸이 되었다. 이 당황스러운 현상의 첫 경험자는 송구영신 파티를 벌이고 돌아와 함께 새해를 맞으며 섹스를 나눈 연인들이었다. 대다수는 취기와 피로 탓에 절정에 이른 직후 아무런 이상도 느끼지 못한 채 그대로 잠들었다가, 다음날 공포영화에서처럼 경악 속에 상대방의 몸에 깃든 자신을 발견했다. 전국이 일대 혼란에 빠졌다. 새해의 시작이 불길했다. 병원에는 속수무책인 의사들에게 자기 몸을 돌려달라고 울부짖는 사람들의 행렬이 온종일 이어졌다. 보건복지부의 긴급 호출로 연구실에 소집된 모든 연구자며 교수며 생물학자 들이 휴가를 반납하고 이 기현상을 연구했다. 안타깝게도 이 모든 과학적인 연구의 홍수에도 불구하고 아무런 성과가 없었다. 1월 3일, 프랑스는 내전의 위기를 맞았다. 대통령이 텔레비전에 나와 전 국민을 향해 당분간 섹스를 중단할 것을 호소했다. 4일, 다행히도 이 새로운 재앙에 맞서기 위해 가능한 인력이 총동원된 국립의료원에서 좋은 소식이 도착했다. 물론 의사들이 아직 문제의 원인을 발견하지는 못했지만, 의사들의 연구를 돕기 위해 노출증이 있는 커플이 바로 눈앞에서 즉흥적으로 시범을 보인 섹스를 관찰한 결과, 적어도 육체의 치환을 되돌릴 방법은 찾아냈던 것이다. 요컨대 섹스 후 육체가 뒤바뀐 상태에서 섹스를 한번 더 하면 각자의 육체를 되찾을 수 있었다. 일종의 단순 왕복운동인 셈이었다. 이제 두 육체가 제자리를 찾도록 섹스를 연속 두 번 할 수 있어야 한다는 조건 아래, 모두들 정상적인 성생활을 다시 영위할 수 있었다. 이 소식에 전 국민이 크게 안도했고, 나라 안 방방곡곡에서 환호성이 일었다.

육체 치환 수단을 발견한 막대한 성과에도 불구하고 그후의 의학 연구는 제자리걸음이었다. 국민들의 삶은 이럭저럭 굴러갔다. 이 현상에 익숙해지기란 쉬운 노릇이 아니었다. 오늘날까지도 행위를 두 번 연속해야 한다는—한 번은 쾌락을 위해, 다른 한 번은 자기 몸을 되찾기 위해—원칙을 간혹 잊는 사람들이 드물지 않았다. 포복절도할 장면들이 줄을 이었다. 예를 들면 한 보수당 국회의원은 어느 날 아침 매춘부의 몸으로 깨어났다가—간밤에 여자에게 영광을 한 번만 베풀었던 것이다—이 여자가 뜻밖의 횡재를 이용해 품행에 대한 추잡스러운 연설을 늘어놓기 위해 의회로 달려갔다는 것을 알고 경악했고, 사람들은 배를 잡고 웃었다. 셀 수 없을 만큼 많은 비슷한 유의 이야기들이 장안을 떠돌았다. 부유한 기업가의 여비서가 운영위원회 회의를 주재했다거나, 유명 앵커의 여조수가 어떻게 해서 앵커 대신 뉴스를 진행하게 됐는가 하는 따위였다. 모든 프랑스인들이 자기도 그와 같은 참사를 당하지나 않을까 불안해했고, 대다수는 상대방이 2회전에 돌입하기 전에 달아날까 두려워 섹스 후에 잠들기를 거부했다. 그들은 자신의 육체를 되찾은 후에야 비로소 안도했고, 2회전에 만전을 기하기 위해 약국에서 파는 정력제를 대량으로 소비했다. 그럼에도 위험이 불러일으키는 오싹함이 성관계의 쾌감을 증가시킨다고 생각하는 사람들도 더러 있었다. 이들은 오늘날처럼 섹스를 자주 한 적이 없다고 입을 모았다. 소수의 사람들만이 성행위시 육체 강탈의 위협에 압박을 느낀 나머지, 위험을 무릅쓰기보다는 차라리 섹스를 포기하는 게 낫다고 판단했다. "어쩌다 색광한테 걸려들었다고 상상해보세요! 이 여자가 내 몸을 갖고 줄행랑을 친 다음 지구상에 있는 모든 이들과 놀아난다면 반나절도 못 가 내 몸엔 누군지도 모를 엉뚱한 사람이 들어 있을 거라고요." 그들의 변이었고, 틀린 생각이 아니었다. 날이 갈수록 타인의 육체 상태로 도망치는 양심불량자들이 증가했다. 경찰에 신고가 밀려들었고, 판사들은 어떤 범법 행위(성폭력? 납치? 사생활 침해? 절도 은닉? 배임?)를 들어 형법 몇 조를 적용해야 할지 갈피를 잡지 못한 채 무조건 강력한 선고를 내렸다.

이렇게 우리의 삶을 뒤흔든 스와핑—종래 스와핑을 즐기던 사람들의 거센 항의에도 불구하고 우리는 이 현상을 이렇게 일컫는다—의 온갖 사례를 일일이 거론하기란 불가능하다. 개중에는 비극적인 결과를 초래한 것들도 있지만, 대부분은 조금의 유머감각만 있다면 재미있게 웃어넘길 수 있는 것들이다. 그 한 예. 설 자리를 급속히 잃어가던 두 장르의 예술이 화려하게 부활했다. 보드빌*과 첩보영화가 그것. 매일 저녁 사람들은 페이도나 라

튈리프**의 계승자들이 현대에 맞게 각색한 소동극을 보며 한바탕 웃음을 터뜨리기 위해 복작거리며 극장으로 몰려들었다. 현대극의 간통 장면에서는 부정한 아내의 남편이 가정에 돌아왔을 때 "맙소사! 남편이 벌써 들어오다니!"라며 울부짖는 사람이, 아내가 아니라 아내와 외피가 뒤바뀐 건장한 낯선 사내다. 상처 입은 오쟁이 진 남편이 두 연인에게 각자의 몸을 되찾게 해서 연적을 쫓아내려는 심산으로, 어서 당장 다시 섹스하라고 호통을 치면 웃음은 보장된 것이나 다름없다. 영화에서는 스와핑이 각 베드신마다 감칠맛 나는 오해로 반짝거리는 기상천외의 줄거리를 제공한다.

스와핑은 철학의 주제로도 유행했다. 지식인들은 처음부터 양 진영으로 갈려 논쟁했다. 한편에서는 육체의 전이가 사람들에게 새로운 자유를 제공하고, 남자와 여자가 결국은 하나라는 총체적인 혼합의 시대가 도래했음을 알리는 징표라고 보았다. 우리는 특별히 여자인지 남자인지 생각지 않고 육체들을 꿰찬 다음 지

* 부정한 배우자, 술꾼, 거짓말쟁이, 욕심쟁이 등의 등장인물이 벌이는 오해와 소동을 통해 인간의 어리석음을 풍자한 익살극으로, 프랑스에서는 19세기 말에서 20세기 초에 남긴 다수의 작품이 현재까지 꾸준히 공연되고 있는 조르주 페이도가 이 분야의 대가로 꼽힌다.
** 캐나다 퀘벡의 코미디 배우이자 연출가.

하철처럼 이 구간 저 구간, 육체들 속을 유랑한다는 것이다.* 다른 편에서는 스와핑을 문명의 재앙이며 나아가 인류 종말의 징후라고 간주했다. 전자는 베스트셀러 『너의 몸을 내게 주고 내 것을 가져가』의 저자인 정신분석가 자크 말루앵을 중심으로 진영이 형성됐고, 후자는 서점에 깔린 『각자 자기 몸속에』―자기 몸의 주인은 자기 자신임을 주장하는 내용―의 저자인 프랑스계 미국인 역사학자 노먼 J. 버턴을 따르는 자들로 구성되었다.

대중은 무엇이 선이고 악인지 확신하지 못한 채, 양극단 사이에서 갈피를 잡지 못했다. 최근에 실시한 여론조사에 따르면 대개 여자보다 남자가 스와핑에 호의적이다. 또 우파보다는 좌파가, 전통적으로 자영업자인 상인이나 농부보다는 교육자나 예술가가 스와핑에 호의적인 것으로 밝혀졌다. 다른 연구 조사에서는 스와핑에 가장 열렬한 지지를 보내는 직업군이 풍속 담당 경찰들인 것으로 드러났다. 이들의 스와핑 만족도는 100퍼센트에 육박한다. 이 집단적인 열광의 이유를 묻는 질문에 공무원들은 스

---

* 이 주제에 관해 신경의학자들은 육체 이동시 이동자의 개인적인 잔재가 방명록에 서명을 남기듯 이동된 육체 속에 남는다는 것을 증명했다. 즉 우리 신체의 극히 미미한 일부가 우리가 머무는 육체에 스며든다는 것이다. 이런 식이라면 몇 세기 후에는 모든 사람이 모든 육체 속에 머물게 될 것이며, 각 육체마다 실제로 모든 사람의 육체를 극소량 함유하는 날이 올 것이다. (원주)

와핑 덕분에 자신들의 업무가 한직이 되었기 때문이라고 밝혔다. 전에는 강간 사건을 수사하려면, 범인을 잘 기억하지 못하는 피해자를 심문하고 불확실한 증언들을 수집하고 대개는 아무런 성과 없는 유전자 감식을 하고도 넷에 셋은 범인을 잡지 못했다면, 오늘날은 범인이 누구인지 알려면 그저 피해자를 보기만 하면 그만이었다. "범인이 피해자의 몸속으로 들어갔으니까요!"

(계속)

슈넬!

1850년 독일 뮌헨에서 태어난 오스카 슈넬은 부친이 섬유산업 기술자로 일했던 프랑스 북부의 릴에서 성장했다. 그는 초라한 성적으로 학창 시절을 보낸 뒤 파리의 미술학교에 입학했다. 미술학교에서도 산만한 학생이었던 그는 사 년 뒤 졸업장을 손에 쥐지 못한 채 학교를 나와, 정치 신문에 캐리커처를 그리며 생계를 꾸렸다. 그래도 슈넬은 그림에 대한 열정만은 놓지 않고 미술관들을 이리저리 뛰어다니며 거장들의 작품을 연구했고, 몽파르나스에 있는 자취방에서 캔버스를 낭비해가며 자신의 스타일을 찾으려 했다. 1875년부터 그는 갤러리에 자신의 그림들을 전시하기 시작했다. 수집가들이 그의 그림에 관심을 보이며 언젠가 값이 뛸 것이라고 내다보았다. 그들이 옳긴 했지만 지나치게 이른 판단이었다. 슈넬이 선보인 초기작들은 참고 자료로나 쓰일까, 아무런 가치도 없었다. 그가 유명해지고 그림값이 급등한 것은 작가가 기법을 바꾼 오 년 후에나 일어난 일이었다.

1880년, 슈넬은 〈드레스〉라는 제목의 50×50센티미터짜리 작은 유화 한 점을 미술전에 출품했다. 꽃으로 장식된 모자를 쓴 여인이 목을 감싸는 흰색과 빨간색의 드레스를 입은 그림이었다. 이 조악한 그림은 이를 걸작으로 만들어준 환상적인 디테일이 없었던들 엉터리로 치부될 뻔했다. 그 디테일이란 그림에 매달린 부채였다. 슈넬이 〈드레스〉 바로 옆에 사슬을 박고 사슬 끝에 부채를 매달아놓은 것이다. 이 부채를 그림에 대고 부치면 바람이 드레스를 들어올려 여인의 무릎이 드러났다. 그것은 실로 엄청난 스펙터클이어서 미술전 관람객들은 눈속임 마술이려니 생각했다. 하지만 아니었다. 그림은 감정을 의뢰받은 화학자들이 보증한 대로 완전히 정상이었고 어떠한 속임수도 없었다. 요컨대 〈드레스〉는 회화와 영화―당시는 뤼미에르 형제가 첫번째 영화 실험을 하기 십오 년 전이었고, 영국인 마이브리지가 아직 말이 달리는 모습을 연속으로 촬영하는 정도였다―를 동시에 아우르는, 당시로서는 있을 수 없는 그림이었다.

비평가들은 매우 미학적이라고 판단되는 이 희귀한 작품에 경도되어 천재의 탄생을 부르짖었다. 대중이 몰려들었다. 1880년 미술전은 관람객 수에서 기록을 세웠다. 오스카 슈넬이라는 이름이 며칠 만에 전 세계에 오르내렸다.

이후 몇 년간 슈넬은 같은 기법으로 수십 점의 유화를 그렸다. 즉 적합한 장치를 적용하면 살아 움직이는 그림들을 생산해냈다. 그중 가장 널리 알려진 몇 가지만 언급해보자.

—〈고양이〉(1882, 캔버스에 유화, 50×50). 흔히 볼 수 있는 회색 도둑고양이 그림. 개가 전시실을 지나가기만 하면 고양이의 등에 그려진 털이 곤두선다.

—〈개〉(1884, 캔버스에 유화, 50×65). 스패니얼 종 그림. 그림 앞으로 뼈다귀를 가져가면 개가 꼬리를 흔든다.

—〈풍경〉(1884, 캔버스에 유화, 100×150). 시골의 가을 풍경 그림. 그림 앞에서 박수를 치면 그림 왼쪽의 맨 위 나뭇가지에 앉아 있던 새들이 날아갔다가, 대개 다음날이면 다시 돌아오고 더러 더 늦게 돌아올 때도 있다. 새들이 영원히 도망가는 것을 방지하기 위해 이 그림은 특별히 방음 상자에 보관해두었다.

—〈잔〉(1886, 캔버스에 유화, 50×50). 검은 바탕에 그린 크리스털 유리잔 그림. 그림 앞에서 너무 크거나 날카로운 소리로 노

래하면 잔이 깨진다.

　―〈은행〉(1886, 캔버스에 유화, 50×50). 맨 위쪽에 '은행'이
라는 간판이 걸린, 장식 없이 간결한 대형 건물 그림. 호주머니에
지폐를 넣고 그림 앞을 지나가면 건물의 문이 열렸다가 등을 돌
리자마자 다시 인정사정없이 닫힌다. 물론 돈이 없는 사람이 지
나가면 아무 일도 일어나지 않는다.

　―〈얼음〉(1887, 캔버스에 유화, 20×15). 하얀 바탕에 그린 정
육면체 모양의 얼음 그림. 그림 앞에 열을 내는 도구를 가져가면
얼음이 녹기라도 하듯 정육면체가 작아진다.

　―〈남자〉(1887, 캔버스에 유화, 200×100). 남자의 전신 나체
그림. 그림 앞에서 여자가 치마를 들어올리면 남성이 발기한다.

　슈넬은 각각의 그림에 어떤 방법을 적용해야 하는지 알려주기
위해 설명을 곁들였다. 어떤 도구를 사용해야 하는지, 어떤 행동
을 해야 하는지 등등. 하지만 1890년부터는 더이상 이런 수고를
하지 않았다. 그는 이제 그림들을 살아 움직이게 하는 방법을 관
객들이 직접 찾게 하는 '불친절한' 그림들을 선보였다.

　초창기엔 제목만으로 얼마든지 추리할 수 있었다. 〈간질이기〉
라는 여성의 발 그림은 깃털로 문지르면 발가락이 오그라들었고,
하얀 바탕에 검은 직사각형 그림인 〈자기력〉은 자석을 가까이

가져가면 북극이냐 남극이냐에 따라 직사각형이 커지기도 하고 작아지기도 하는 식이었다. 하지만 갈수록 그림들의 비밀을 간파해내기가 까다로워졌다. 어떤 그림들은 진짜 수수께끼 같아서 그림 애호가들에게 수천 가지 공상을 하게 만들었다. 모두들 다양한 도구로 실험을 해보았다고 주장하며 나름의 가정을 펼쳤다. 넘쳐나는 이 기발한 상상은 박물관이나 화랑에서 목격할 수 있는 해괴한 장면들로 이어졌다. 이를테면 우아한 여자들이 이탈리아 유화나 정물화를 감상하는 척하며 미술관을 거닐다가 슈넬의 〈울고 있는 젖먹이〉(1894) 앞에 이르면 재빨리 블라우스를 풀어 헤쳐 젖가슴 한쪽을 내놓는 식이었다. 그림의 아기가 젖을 보고 울음을 그치고 미소를 지으리라는 생각에서였다. 〈곡예사〉라는 제목의 유화에 열을 올리는 사람들도 있었다. 이들은 곡예사가 줄을 타고 있는 그림 앞에서 곡예사가 균형을 잃게 하기 위해 온갖 우스꽝스러운 몸짓과 표정을 지어 보였다. 또한 〈화학〉이라는 그림을 폭발시키려고 무진 애를 쓰는 사람들도 있었다. 1898년에 발표된 소품으로 플라스크에서 푸르스름한 연기가 나오는 그림이었다. 전시실에 가스를 방출하는 사람들이 줄을 이었다. 그림이 반응을 하리라는 기대에서였다. 이제껏 세계의 어떤 미술관에서도 방귀쟁이들이 이렇게까지 용인된 적이 없었다. 사람들은 숭고한 미학적 동기에서 인내했다. 화를 내는 사람이 아무도 없었다. 정부 당국에서도 이런 일련의 시도에 호의적인 입장이어서 위험한 실험 방법이 아니라면 개입하지 않았다. 일부 보수주의자들이 이러다 미술관이 도떼기시장이 되는 것 아니냐고 우려했지만, 대다수는 슈넬의 인기가 미술관에 연일 인파를 끌어들인 까닭에 즐거운 비명을 질렀다.

*

별도의 설명 없이 그림만 선보인다는 슈넬의 결정은 앞서 언급한 결과 외에 덜 유쾌한 다른 현상도 불러일으켰다. 바로 슈넬의 그림을 무더기로 생산해내도록 위조자들에게 길을 열어준 것이다. 그림을 살아 움직이게 하는 기법은 여전히 미스터리였지만 이 부분을 제외하면 슈넬의 그림은 모방하기 쉬웠다. 어린애라도 유화물감 한 상자만 있으면 아주 흡사하게 흉내낼 수 있을 정도였다. 이렇게 해서 1900년 이후로 슈넬의 서명을 입힌 온갖 종류의 조악한 그림들이 쏟아져나왔다. 이 그림들은 물론 움직임이 없었고, 사람들도 그림을 움직이게 하는 방법을 알지 못했다. 수많은 얼간이들이 이 위작품들이 슈넬의 진품인 줄 알고 금값으로 사들인 다음, 이 그림들을 작동시킬 방법을 찾으려고 기를 썼다. 수천 번의 시도와 실패를 겪은 끝에 이들은 그림의 비밀을 쉽게 간파할 수 있으리라고 자신하는 또다른 미치광이들에게 위작품을 되팔았다.

위작의 성행은 슈넬의 그림이야말로 겉으로 드러나는 확실한 부의 상징이라고 여기는 스놉*들과 고급 화류계 여자들에겐 횡재였다. 그들은 푼돈으로 슈넬의 위작품을 사들여 자기집 거실의 커다란 테이블 위에 보란듯이 걸어놓았다. 집으로 식사 초대를 받은 지인들은 슈넬의 그림 앞에서 탄성을 내지르며 시기 어린 목소리로 가격을 물었고, 그럴 때면 여주인은 직답을 피하며 어쨌든 자기한텐 큰돈이 아니라는 식의 말을 슬쩍 흘렸다. 그리고 그림을 움직여보라는 요청을 받으면, 아직 방법을 모른다는 대답과 함께 사교계 유명 인사들의 유사한 사례를 거론하면 그만이었다! 가령 누구누구 남작은 1890년에 슈넬의 아름다운 그림 석 점을 구입했지만 아직 한 점도 움직이지 못했다든가, T 모 공작부인은 이 년 동안 슈넬의 그림과 씨름하다가 급기야 작가에게

---

* 엘리트 집단에 들기를 바라며 이들의 언어, 취향, 태도, 생활방식을 모방하고 자신들보다 열등한 계층은 경멸하는 사람들. 우리나라에서는 흔히 '속물'로 통용되지만 구분해야 할 개념이다.

비밀을 알려달라고 간청했다든가 하는 식이었다. 누구누구 남작이나 T 모 공작부인이 위작품을 구입했으리라고는 상상조차 할 수 없었으므로, 초대객들은 집주인의 그림에 대해서도 위작품일지 모른다는 의심을 품지 않았다. 그들은 저녁 시간 내내, 집주인 여자가 100프랑짜리 엉터리 그림 덕분에 흐뭇해하는 동안 그림을 움직이는 데 열중했다.

*

슈넬의 마법 같은 그림이 시간의 시험을 잘 견뎠던들 모든 것이 그대로 지속되었으리라. 하지만 십오 년 남짓한 세월이 흐르자 그림들이 손상되기 시작했다. 1910년경, 가장 오래된 그림들부터 손상이 시작되었다. 니스가 갈라지고, 기포가 울룩불룩 올라오고, 허옇고 퍼런 곰팡이가 여기저기 피어나고, 거무스름한 얼룩이 생겼다. 미술관측은 그림을 떼어내 조치를 취해보고 작가에게 걱정스럽게 소견을 물었다. 작가는 기자회견을 통해 이 현상은 지극히 정상이며 모든 그림이 오래지 않아 소멸할 것이라고 밝혔다. 진솔하고 담담한 선언이었지만 약간의 짓궂음도 없지 않았다.

대중의 충격은 이만저만이 아니었고 사회적인 파장도 상당했다. 다시 한번, 세상이 온통 슈넬 이야기뿐이었다. 슈넬의 그림을 소장한 사람들은 경악했고 비평가들은 격노했다. 파리와 뉴욕의 모든 화랑들이 시장의 붕괴를 두려워하며 전문가들에게 복구책을 찾아달라고 애원했지만 허사였다. 장관들도 개입했다. 공식적으로는 국립미술관에 소장된 그림들을 보호한다는 명분을 앞세웠지만, 실상은 자기들이 개인적으로 구입한 그림을 구하기 위해서였다. 슈넬은 요지부동으로, 방법이 전혀 없고 자신의 그림들은 소비성 걸작이며 소멸을 전제로 제작되었다는 대답만 되풀이했다. 그는 결국 언론의 압박에 시달리다가 어디론가 홀연 사라져버렸고, 이후로 그를 다시 본 사람은 아무도 없었다.

슈넬의 주가는 아찔한 폭락을 거듭했다. 자신들의 그림에서 운명적인 징후가 점점 무성해지는 것을 목도하며 당황한 수집가들은 허둥지둥 하잘것없는 가격에 그림을 되팔았다. 100만 프랑짜리 그림이 잠깐 사이 천 프랑이 되었다. 미술 시장의 대혼란이요 비극이었다. 슈넬의 그림들은 죄다 액자 쇠시리까지 부패한 나머지 악취를 풍기는 누더기가 되었다.

1920년경에는 슈넬의 그림이 더는 한 점도 남지 않았다. 한때 사람들의 입에 그토록 빈번하게 회자되었던 이 움직이는 그림은 지구상에서 영영 자취를 감췄다. 남은 것은 위작 산업이 생산해 낸 수천 점의 복제품뿐. 이것들을 속아서 구입했던 얼간이들이나 부자인 체하려고 구입했던 잘 속는 스놉들과 의사 부인들은 이제 자신들의 위작품은 손상되지 않는 것을 보면서 우쭐해했다. 사회를 향한 복수심에 취한 그들은 자신들은 속지 않았노라고 허세를 부리며 지인들에게 예술에 올바른 투자를 하려면 자기들 같은 예리한 통찰력이 있어야 하는 법이라고 떠벌렸다.

우리의 시대 (4)
모든 길은 로마로 통한다

"수백만 년 후에는 지구와 안티크톤* 상의 모든 것이 거의 같은 곳
으로 모여들리라. 그러니 우리가 다른 길을 통해 같은 결과에 이
른다는 말은 실로 진실이다."

—피에르 다니노스

인간이 두 가지 갈림길 중에서 하나를 선택할 때 인간에게 두
개의 세상, 즉 인간이 선택한 세상과 선택할 수도 있었던 세상이

---

* 고대에 우주의 중앙인 '중심의 불'과 대각선으로 마주한 곳에 있지만 눈에는 보
이지 않는다고 여겨졌던 가상의 행성.

창조된다는 이론은 아마 우리 독자들도 알 것이다. 우리의 현실은 우리 과거의 선택이 낳은 수백만 가지 현실 중 하나일 뿐이고, 나머지 현실들도 어디선가 평행하게 계속해서 번성하고 있다.

어느 날 아침 출근하기 싫어진 한 은행가—이름은 르누비에라고 하자—를 예로 들어보자. 그는 게으름에 굴복해 다시 잠들 수도 있고, 자제력을 발휘해 일어날 수도 있다. 두 가지 가능성, 두 가지 현실. 르누비에는 다른 시간과 장소에서 다른 선택이 만들어냈을 자신의 또다른 버전이 존재한다는 것을 모르는 채, 이 두 가지 현실을 동시에 살아나간다. 이와 같은 분파 현상은 이후에도 끊임없이 이어진다. 계속해서 따라가보자. 먼저 르누비에가 다시 잠드는 것을 택한 현실. 열한시 무렵 깨어난 그는 후회스러워하며 아직 만회할 수 있는 시간이라는 판단 아래 은행으로 달려가 변명거리를 찾아낼 것이다. 또한 어차피 오늘 하루는 날샜다고 포기한 채 은행에 전화를 걸어 힘없는 목소리로 몸이 안 좋다며 오늘은 출근 못하겠다고 말할 수도 있다. 여기서 다시 두 가지 선택에 따른 두 가지 현실이 나타난다. 한편 최초의 갈림길에서 분파한 또다른 현실에서는 다른 르누비에가 은행에 제시간에 출근한 후 단골 식당에 점심식사를 하러 간다. 지배인이 르누비에를 한 여인이 홀로 식사하는 테이블 옆자리로 안내하고, 르누비에는 그녀가 매우 아름답다고 생각한다. 그에게 가능성이 열린다. 그는 경제 신문의 주식 현황에 몰두하며 여자를 잊으려고 애쓰다가 결국, 여자가 디저트를 다 먹고 식당을 나서려는 순간 커피를 마시자고 제안한다. 잘한 결정이었다. 여자가 승낙하고, 연애가 시작된다. 만일 르누비에가 모험에 뛰어들지 않는다면 여자는 그의 존재를 알지 못한 채 식당을 떠날 것이고, 그가 여자와 다시 만날 일 없는 또다른 현실이 펼쳐지리라. 세포가 유사분열을 하듯 두 르누비에가 또다시 가지를 친다. 르누비에 1은 이 여자와 자유롭게 만나다가 어쩌면 정부로 삼을 것이고, 르누비에 2는 아내 엘리즈에게 충실한 채 살아갈 것이다(여러분이 익히 아는 사건 이후로, 르누비에는 더는 바람을 피우지 않았다*).

이중으로 분열되는 현실이라니, 멋지지 않은가? 과거의 어느 순간에 다른 선택을 했더라면 펼쳐졌을 삶에 대해 전혀 생각해보지 않은 사람이 어디 있겠는가? 현재의 아내 말고 다른 여자와 결혼했더라면, 의뭉스러운 농담을 던졌더라면 혹은 자제했더라

---

* 베르나르 키리니의 국내 첫 출간작인 『육식 이야기』에 수록된 단편 「뒤섞인 사랑」의 내용을 암시한다. 은행가 르누비에는 완벽한 편성 능력을 발휘해 여러 여자와 날짜를 바꿔가며 호텔방에서 만남을 이어오다가 아내와 정부들이 뒤섞여 나타나는 호텔방 거울에 기겁해 정부들을 정리하고 아내 엘리즈에게 충실을 기한다. 아내의 정부가 거울에 비쳐 보이는 마지막 반전으로 이야기가 끝난다.

면, 왼쪽보다는 오른쪽으로 갔더라면, 기타 등등. 수백만, 수억만의 자기 자신이 평행적인 세계에서 계속해서 뻗어나가고 있다는 생각을 하면 그저 아찔할 따름이다!

보르헤스는 이 모든 것을 묘사하고자 '두 갈래로 갈라지는 오솔길들의 정원'*의 이미지를 차용했다. 공상과학소설 애호가들은 여기서 더 멀리 나간다. 이들 중 몇몇은 이 수평적인 현실들이 교차하고 나아가 중첩된다고 상상했다.

예를 들어보자. 부친의 가게를 물려받아 번창하는 다국적기업으로 성장시킨 송브르리외라는 부유한 남자가 있다. 그는 어느 날 길에서 시선을 잡아끄는 거지와 맞닥뜨리고, 단번에 이 거지가 다름아닌 자기 자신의 또다른 버전임을 깨닫는다. 부친의 뜻을 거역하고 시인이 되고 싶은 꿈을 좇았을 때의 자기 모습이 바로 이 빈털터리임을. 젊은 날의 선택이 만든 이 두 세계가 이십년간 평행의 길을 걷다가 어느 날 문득 만난 것이다. 자기 자신과의 만남에 정신이 얼얼해진 송브르리외는 부친의 말을 듣길 잘했다고 생각한다. 하지만 똑같은 송브르리외가 위대한 예술가가 되어 있을 세번째 현실(이런 식으로 네번째, 백번째, 그 이상의

---

* 보르헤스의 『픽션들』에 수록된 단편 제목.

현실이 계속된다)도 어디엔가 존재할 것이고, 만약 이 위대한 예술가를 만났더라면 송브르리외는 지나치게 이성적이었던 자신을 탓하며 인생을 망쳤다고 생각하리라. 하지만 그의 낭패감은 또한 성공한 예술가를 보며 자신이 대중을 매혹하기 위해 스타일을 바꾸었더라면 인생이 달라졌으리라고 생각할 걸인에 비한다면 아무것도 아닐 것이다.

*

이제 우리 시대의 새로운 현상에 대해 이야기해보자. 여하튼 현실을 짚어봐야 하니까 말이다. 그러니까 우리 시대의 새로운 현상, 그것은 이 평행적인 현실들이 오늘날은 넘쳐나다못해 서로를 침범하고 서로에게 융해되면서 믿기지 않는 부조리를 양산한다는 것이다. 보르헤스가 「두 갈래로 갈라지는 오솔길들의 정원」에서 묘사하듯, 현실이 가지를 치는 것이 아니라 오히려 포개지며 압축된다. 현실들은 더는 번식하지 않고 서로가 서로를 흡수하면서 수가 계속 줄어든다. 지금까지는 같은 시공時空이 사슬처럼 가지를 가닥가닥 뻗어나갔다면, 오늘날은 반대로 나무를 뒤집어 몸통만 남을 때까지 가지를 쳐나가는 셈인 것이다. 우리 과거의 선택이 만들어낸 무한한 현실이 현재 우리가 처한 현실에서 접점을 이룬다. 시공이 수축하고 있는 것이다.

우리도 이 접합 현상을 인식하고 있다. 현실들의 접합이 늘 정교하지는 않은 까닭이다. 요컨대 두 현실세계가 하나로 접합되다가 더러 공존하는 순간이 있는데, 이 공존의 순간이 짧긴 하지만 우리가 인지할 만큼은 충분히 길기 때문이다. 이미지로 이야기하자면 물감이 번지는 것과 같다고 할까. 두 현실이 즉각적으로 감쪽같이 하나로 혼합되는 것이 아니라 몇 초의 오차로 각각 흐릿해진 두 상태로 남게 된다. 다음은 이 현상의 이해를 돕는, 신문에 보도되었거나 내가 직접 목격한 최근의 사례들이다.

1. 언젠가 나는 작은 공원을 거닐다가 벤치에 앉아 있는 외팔의 사내를 향해 다가가는, 그와 흡사하게 생긴 또다른 외팔의 사내를 보았다. 두번째 외팔 사내가 첫번째 외팔 사내의 옆에 앉았고 둘은 대화를 나누기 시작했다. 이 우연한 만남에 흥분한 나는 그들에게 다가가 대화를 엿들었다. 두 사람은 모르는 사이였지만 이야기를 나눈 지 얼마 되지 않아 둘 다 이름이 똑같이 만치안이고 생년월일도 똑같으며 자신들이 똑같은 한 사람일 수 있겠다는 생각에 이르렀다. 그들은 감격해 서로를 얼싸안았다(이렇게 표현할 수 있다면 말이다). 두 사람의 인생은 부모님의 사망 때

형제들이 유산을 분배하는 과정에서 다툼을 벌인 이후로 갈렸다. 한 명은 이럭저럭 형제들과 어울려 가업을 이어받았고, 다른 한 명은 프랑스를 떠나 캐나다로 가서 벌목꾼이 되었다. 이후 십 년 동안 두 사람은 점점 상이한 인생길을 걷다가 어느 순간 서로 가까워지기 시작하더니 다른 길을 통해 같은 결과에 이르렀다. 프랑스에 남았던 만치안 1은 노총각이었고, 캐나다로 떠났던 만치안 2는 미국 여자와 결혼했다가 팔 년 만에 이혼했다. 현재는 둘 다 독신이다. 만치안 1은 자동차 사고로 오른팔을 잃었고, 만치안 2는 매니토바 주의 공사장에서 띠톱에 오른팔이 잘려나갔다. 둘 다 오른팔이 똑같은 부위에서 절단되었다. 두 사람은 얼떨떨한 채 각자 살아온 이야기를 모조리 쏟아놓으며 자신들의 운명이 정확히 같은 지점을 향해 이끌려왔음을 목도했다.

두 사람을 관찰하고 있자니, 이들이 벤치에서 서로에게 가까워지면서 몸이 닿아 살짝 포개지는 것 같은 느낌이 들었다. 나는 놀라서 몸을 꼬집어봤지만 꿈이 아니었다. 두 사람의 육체가 서로에게 스며들었고 두 만치안은 하나가 되었다. 각자의 세상을 살아온 두 사람이 결국 다시 만나 하나로 융해된 것이다. 아마 얼마 안 있어 어디인지도 모를 곳에서 만치안이라는 이름의 또다른 외팔 사내가 이 두 사람을 찾아와 또다시 융해되리라.

2. 두번째 사례. 맨체스터 대학교에서 열린 20세기 유럽사 학회에서 벌어졌던 일이다. 의장이 다음 발제자로 현대 정치와 역사학 전문가인 퍼스먼 교수를 호명했을 때, 청중은 두 명의 퍼스먼 교수가 연단에 오르는 것을 경악 속에 지켜봐야 했다. 놀라서 잠시 말문이 막혔던 의장이 정신을 추스르고 두 교수에게 상황 설명을 요청했다. 두 사람 다 틀림없는 퍼스먼 교수라는 주장이었다. 첫번째 퍼스먼은 1991년 소비에트연방의 몰락에 관한 회의에, 두번째 퍼스먼은 2010년 소비에트연방의 현황에 관한 회의에 발제하러 온 것이었다. 한 사람은 소비에트연방이 사라졌다고 믿었고, 다른 사람은 건재하다고 여겼다. 각자 다른 현실에서 살다 왔으니 당연한 노릇이었다. 자신이 믿고 있는 것 외의 또다른 버전이 있다는 사실에 놀란 퍼스먼 1과 2는 어안이 벙벙한 청중 앞에서 언쟁을 벌였다. 의장이 두 사람에게 자제를 촉구했다. 결국 두 사람 모두 차례대로 발제하되 순서는 제비뽑기로 정하기로 결론이 났다. 청중은 소비에트연방이 여전히 건재하다고 주장하는 두번째 퍼스먼 교수의 발제가 끝나기를 기다렸다가 그의 연설에서 촉발된 수많은 질문을 쏟아냈다. 소비에트연방이 아직 무너지지 않은 현실에서 온 다수의 청중도 같은 현상을 겪었다. 여기저기서 응수가 터져나왔다. 이중으로 분열된 대중의 열띤 토론

에 불이 붙었다. 십오 분 남짓 지나자 클론 커플들이 상반된 정신으로 서로 융해되기 시작했고, 하나의 머릿속에서 상반된 두 견해를 동시에 옳다고 믿은 결과, 역설적인 정신분열을 일으켰다.

이 현상이 우리의 정신에 어떤 해악을 끼칠 수 있는지 상상해보자. 먼 과거의 현실에서 온 소위 역사학자라는 이들이 전 세계에 출몰해 아메리카는 1544년에 한 포르투갈 선원이 발견했고, 마리 앙투아네트는 1840년에 천수를 누리고 죽었고, 타이태닉호는 대서양을 110번 건너다닌 끝에 전쟁이 터지자 군용으로 쓰였다고 주장한다고 치자. 그들의 관점에선 옳은 얘기겠지만 우리의 관점에선 틀린 얘기라고밖에 달리 어떻게 답하겠는가? 시간이 지나면 이 경박한 수다꾼들이 자신의 원조 클론과 융화되고, 이로써 양립할 수 없는 두 가지 지식을 동시에 지닌 존재가 탄생한다. 이들의 머릿속에선 상극의 이론들이 충돌하고, 이 모든 것이 진실이라는 것을 곧이곧대로 받아들이기 힘들어진다(루이 16세의 단두대 참수와 오스트리아 망명, 리시아혁명과 황제의 개입으로 인한 실패, 린드버그의 대서양 횡단과 아소르스제도에서의 추락사 등등).

혹자들은 과거사에 대해선 의견의 일치를 볼 수 없으니 제일 현명한 방법은 아예 과거 자체를 거론하지 않는 것이라고 단언한다. 그렇게 되면 이제 우리에게 허용되는 유일한 대화 주제는 미래와 일정 정도의 현재뿐이다. 현재가 일정한 정도로 제한되는 이유는 모두를 만족시키려면 순수하게 묘사 차원에 머물러야 하고 기원이라든지 목적에 대해 의문을 품어선 안 되기 때문이다. 다른 세계들이 우리의 세계와 겹쳐질 정도로 흡사해지기 시작한다 해도, 이 공통된 현재가 모든 이에게 같은 방식으로 이해되는 것을 의미하지는 않는다. 예를 들어보자. 프랑스는 가톨릭 국가인 까닭에 프랑스의 마을들엔 종탑이 수두룩하다. 하지만 우리의 세계에 섞여든 또다른 세계는 마을에 종탑이 수두룩하더라도 가톨릭이 아닐 수 있다. 이 낯선 현실에서는 성당이 다른 의미일 수 있는 것이다. 어쩌면 다른 종교인들을 수용하는 곳일 수도 있지 않겠는가? 그렇다면 이 세계와 우리 세계의 융해는 성당과 예배당을 놓고 벌이는 두 문화의 분쟁을 유발하리라. 이 극단적인 사례는 어디까지나 가정일 뿐이지만, 현재 우리에게 일어나고 있는 현상들을 필름처럼 되돌려 보면 이와 같은 상황이 머잖아 얼마든지 일어날 수 있을 뿐만 아니라 내전으로까지 치달을 수도 있다는 것을 알게 된다.

뭐니뭐니해도 이 현상이 가장 무시무시한 영향을 끼치는 곳은 상반된 기억의 더미들이 무질서하게 쌓여 있는 우리의 의식 깊숙한 곳이다. 어제는 결혼기념일을 묻는 질문에 머릿속에 한 가지 대답만 들어 있던 남자가 머잖아 둘, 셋, 그 이상의 날짜들을 떠올리게 되리라. 이미 융해된 서로 다른 현실의 기억들이 뒤섞여 그로 하여금 과거의 결혼 중에서 어느 한 가지를 골라야 하는 불가능한 선택을 하게 만드는 것이다. 이 세계에서는 아내와 사별했고 저 세계에서는 아내를 만난 적도 없는 남자가 두 세계가 융해된 현재에는 독신인 것을 어떻게 설명하겠는가? 또 이 세계에서는 형제자매도 없이 외아들이고, 저 세계에서는 다섯 명의 산악인 형제자매 전원이 몽블랑에서 등반하던 중 로프 사고로 사망한 사람은? 우리 중 매우 철학적인 사람들은 체념한 채, 끊임없이 생성되는 이 새로운 기억들이 우리의 내면을 풍성하게 해준다고 자위하면서 이 기이한 의식 구조를 받아들일 것이다. 하지만 대다수는 어쨌든 혼란스러워하면서, 모든 것이 정상이고 절대 미친 것이 아니라는 의사의 말을 마지못해 믿으리라.

작가들은 얼마 못 가 정신을 어디에 두어야 할지 알 수 없게 될 것이다. 삶이 여러 개가 된 마당이니 이제 그들이 선호하는 주제는 자신들의 삶이 될 것이고, 계속해서 확장되는 기억이 매일 여분의 소재를 제공하리라. 비평가들은 우리를 엄습하는 현실이 상상을 뛰어넘는 이와 같은 상황에서라면 상상은 사라져버릴 운명이 아닐까 자문할 것이다. 이 현상이 계속된다면 우리 머릿속엔 세상의 모든 이야기가 무한히 쌓일 것이고, 소설가는 소설을 쓰기 위해 자신의 클론들이 겪은 현실 중 하나의 기억을 끄집어내기만 하면 그만이리라. 다음날은 기억이 더 많아질 테니 집필이 더 쉬워질 것이고 그다음날도 마찬가지일 터, 그렇게 되면 상상은 불필요할 뿐만 아니라 아예 불가능해지리라. 이야기란 이야기가 죄다 우리의 두뇌 속에 비축된 채 언제든 나올 준비를 하고 있을 테니 말이다. 아무튼 과거에 관한 한 더는 아무것도 지어낼 것이 없어지는 것이다. 그러니 유일하게 새로운 주제는 아직 어떻게 될지 모르는 미래가 되리라. 이 정도까지의 이변은 감히 상상할 수도 없지만, 적어도 현실들이 한곳을 향해 역행하기 시작해 우리의 시공간이 모든 과거뿐만 아니라 모든 미래와도 조우하는 사태가 일어나지 않는 한은 말이다. 그때가 역사의 종말일 것이고, 현재가 모든 것을 품게 되리라. 우리는 도처에서 오고 어디든 가고 과거 현재 미래 할 것 없이 전 우주를 섭렵한 나머지 신과 같은 존재가 되리라. 새로 발견할 것이 더는 아무것도 없고 이는 내일도 모레도 영원히 마찬가지리라는 생각에 절망하고 당혹스러워하는.

(계속)

열 개의 도시 (6)

칠레의 모르노

모르노는 칠레의 모든 강이 그렇듯 안데스산맥에서 뻗어나온 강의 좌안에 위치해 있다. 19세기 말엽까지는 인구가 4천 명 남짓한 중도시였지만, 주변 산악지대에서 금맥이 발견된 이후로 인구가 두 배로 급증했다. 새로 이주한 사람들을 수용하려면 터전을 건설해야 했다. 당국에서는 기존의 거주지인 좌안보다는 허허벌판인 우안에 도시를 확장하기로 결정했다. 다리 세 개(목조 하나, 석조 둘)가 건설되고 수백 채가량의 주택이 우후죽순으로 생겨나, 주민들이 상대적인 개념으로 일컫는 소위 '신도시'(우안)와 '구도시'(좌안)가 형성되었다.

놀라운 것은 바로 이 지점인데, 건설하고 보니 작정한 것도 아니건만 신도시와 구도시가 당혹스러우리만치 거울처럼 완벽하게 대칭된다는 것이었다. 건설자들이 맞은편에 보이는 도시를 무의식적으로 복제할 정도로 상상력이 부족했던 것일까? 좌안의 모든 거리들이 우안에도 쌍둥이처럼 똑같이 존재했고, 각 광장도 면적이나 가장자리에 빙 둘러 심은 나무들까지 똑같았으며, 건물들도 페인트 색깔까지 일치했다. 이렇게 해서 모르노는 강을 사이에 둔 거울의 양면 같은 도시로 다시 태어났다.

놀랍게도 모방은 계속되었다. 오늘날 두 지역은 서로를 감시하기라도 하듯 동일한 형태로 성장하고 있다. 가령 우안에서 금광으로 부자가 된 한 농부가(금맥이 고갈되었음에도 아직 이런 사람들이 있었다) 장식이 요란한 호화 주택을 지어 올리면, 어김없이 강 건너편에서도 똑같은 거리에 똑같은 건물이 올라갔다. 좌안에서 도로 정비를 위해 폐가를 밀어버리면 머지않아 우안에서도 똑같은 폐가가 사라지리라고 누구나 확신할 수 있었다. 이 모방 열풍은 사회 곳곳에서 확인된바, 모르노는 한 세기 이래로 도시 건설 계획을 아예 대칭 시스템으로 전환하기에 이르렀다. 이 진기한 현상이 굴드의 기하학적인 정신세계에 매혹적으로 비쳤으리라는 것은 어렵지 않게 짐작할 수 있다. 다음은 칠레 친구인 알베르트 라미뇨와 함께 모르노에 이 년간 머물렀던 굴드의 설명이다.

"역설적이게도 이 두 강안 지역은 교류가 뜸해요. 모든 것이 복사판이다보니 이미 잘 아는 서로에 대해 사실상 발견할 점이 아무것도 없는 거죠. 자연히 강에 세운 다리들도 별 소용이 없고요. 일요일에 산책할 때나 건너다닐까. 그나마 양쪽 강안에서 가족 단위로 건너와 몇 시간 동안 살갑게 인사를 주고받는 게 다예요. 결국 다리는 모르노를 매우 좋아하는 상인들의 전유물이 되었죠. 모르노에는 똑같은 상점들이 두 개씩이니 상인들이야 같은 물건을 두 배로 납품할 수 있으니까 좋아할밖에요."

굴드가 체류했을 당시 모르노의 인구는 8260명이었다. 알베르트 라미뇨가 1940년대 이후의 모든 공식 자료를 보면 모르노의 인구가 늘 짝수인 것을 알 수 있다고 설명한 적이 있다. 구도시에 인구가 증가하면 신도시에도 정확히 그만큼 인구가 증가하기 때문이다.

굴드가 덧붙였다.

"놀라워 보이지만 실은 그럴 일도 아니죠. 두 강안 지역은 출생과 사망까지도 똑같아서 인구통계 균형이 늘 완벽하거든요. 생각을 좀더 발전시켜볼까요? 모르노의 대칭성은 상상의 원동력인고로 매우 깊이 있는 성찰을 가능하게 해주니 말입니다. 한번 이런 가정을 해봤어요. 길거리며 건물이며 공원이며 분수가 죄다 짝이 있다면, 주민들도 똑같이 생긴 각자의 짝이 있지 말란 법도 없지 않을까? 양쪽 강안의 인구가 똑같다면 그건 주민들이 똑같기 때문은 아닐까? 아! 그렇다면 내가 좌안에 있었을 때 우안에서도 굴드 2가 똑같은 카페테라스에 앉아 똑같은 피스코 사위*를 마시며 내가 늘 그러듯 존재에 대해 명상하고 있었겠구나!

처음엔 그저 재미있다고만 생각했는데 차츰 혼란스럽더니 나중엔 잠도 안 올 지경이 되었죠. 저는 모르노를 떠나기 전날, 확실히 해두고 싶은 마음에 직접 시험해보기로 마음먹었습니다. 만일 모르노가 제가 생각하는 거울 도시여서 구도시와 신도시가 찍어놓은 듯 똑같다면, 지금쯤 저쪽 강안의 굴드 2도 나와 같은 생각을 갖고 똑같이 길을 나서고 있겠지. 내가 강가로 간다면 그도 마찬가지일 거야. 그렇다면 다리를 건너다가 나 자신과 마주치게 되지 않을까? 저는 흥분해서 길을 나섰어요. 하지만 이내 두려움이 엄습했죠. 저는 숨을 헐떡거리며 정신을 가다듬기 위해 멈춰 섰어요. 결국 강가의 광장에 다다르니 오후가 거의 다 지났더라고요. 테라스엔 사람들이 많았어요. 저는 기둥에 기대어 똑

---

* 칠레와 페루의 포도 브랜디 피스코에 레몬즙과 설탕을 첨가한 칵테일. 식전주로 애용한다.

같은 광장이 대칭으로 펼쳐진 저쪽 강가를 흘금거렸어요. 햇살에 눈이 부셨어요. 눈을 감았죠. 대체 뭘 바랐던 것일까? 내 클론과의 조우? 너무 멋져서 코웃음이 다 나는군! 저는 손수건으로 이마에서 비 오듯 흘러내리는 땀을 꾹꾹 찍어내고는 냉소하며 발길을 돌렸어요. 하지만 광장을 떠나기 전에 반사적으로 고개가 뒤로 돌아갔지요. 그런데 웬걸요! 믿으셔도 안 믿으셔도 그만이지만 저쪽 강가에서 분명히, 저와 체격이 같고 똑같이 흰색 옷에 똑같은 몬테크리스티 파나마모자를 쓴 남자를 본 것 같더란 말입니다. 더구나 그 파나마모자는 알베르트가 그 지역에서 그 모자를 가진 사람은 저 하나라고 말해주었던 모자죠."

단정한 복장 엄수

굴드는 자신의 서재에 마련된 이 섹션을 '드레스 코드'라 칭했고 이 섹션을 거론하며 영어 발음에 대단히 공을 들였다. 벨기에인임에도 그는 영국에 무한한 애정을 보였으며, 자신의 조상 중에 영국 왕 조지 2세의 사서와 몬트로즈* 공작이 있다고 주장했다. 또한 트위드 정장을 여러 벌 보유했고 자신이 홍차보다 커피를 더 좋아하는 걸 애석해했다. 그에 따르면 커피는 홍차보다 "딜 영국적"이기 때문이다. 굴드는 책장에서 책을 뽑기 전에 내 옷에서 얼룩이라도 찾아내겠다는 듯 머리부터 발끝까지 의심스러운

---

* 스코틀랜드의 도시명. 귀족의 이름으로 하사되었다가, 영어권 국가 여러 곳에서 도시명으로 쓰이고 있다.

눈초리로 나를 훑었다. 이어서 "괜찮겠지"라고 웅얼거리고는 내게 책을 건네며 첫 쪽을 큰 소리로 읽으라고 청했다.

소설이었고 저자의 이름은 아르튀르 르트루쇠 뒤 롱장, 제목은 『추위』였다. 나는 책을 펼치고 감정을 잡은 후 읽기 시작했다. 아니, 그보다는 읽으려고 했다. 왜냐하면 이상스럽게도 첫 단어부터 막혔기 때문이다. 완전히 해독 불가였다. 이게 어떻게 된 거지? 분명히 선명한 글씨에 익숙한 알파벳들이건만. 그래봤자 소용없었다. 글자들이 뒤섞여 도무지 알아볼 수 없게 변했다. 책장을 넘겨봤지만 소용없었고 그다음 쪽도 마찬가지였다. 나는 한 단어도 발음하지 못한 채 문맹자가 된 듯한 기분을 느꼈다.

"미안해요."

내가 더듬거리며 바라보자 굴드는 터지려는 웃음을 꾹 눌러 담으며 내게 손을 뻗어 셔츠 깃을 바로잡아주었다. 그리고 설명했다.

"선생이 옷을 잘 차려입지 않아서 그래요."

"뭐라고요?"

"이쪽으로 오시죠."

우리가 서재를 떠나 거실로 가니, 일인용 소파 위에 덮개에 싸인 대여용 턱시도가 놓여 있었다.

굴드가 말했다.

"이걸 입으세요."

이어서 그가 검은 종이 상자를 가리켰다.

"이건 에나멜 구두예요. 이걸 신고 저한테 오세요. 기다리겠습니다."

굴드가 등뒤로 살며시 문을 닫았다. 문밖에서 그가 키득거리는 소리가 들렸다. 나는 어안이 벙벙한 채 굴드의 말에 따랐다. 구두와 턱시도 모두 내 문수, 내 치수였다. 내가 서재로 다시 가자 굴드가 휘파람으로 나를 맞고는, 좀전에 읽으려 했던 책을 다시 읽어보라고 말했다. 기적이었다! 이번엔 단어들이 선명하게 눈에 들어왔다. 나는 술술 읽어내렸다. "오늘 아침 눈을 떴을 때, 아들린은 에는 듯한 한기를 느꼈다. 남편에게 손을 뻗친 그녀는 흠칫 놀랐다. 남편의 피부가 얼음장 같았다. 죽은 것이었다." 읽기 능력에 문제가 없음을 확인한 내가 안도하며 책장을 덮자 굴드가 턱시도의 효과에 만족하며 나를 지그시 바라보았다.

"이 마법은 대체 뭡니까?"

"말씀드리지 않았습니까! 르트루쇠 뒤 롱장의 책을 읽기 위해선 빼입어야 한다니까요."

굴드의 설명에 따르면 르트루쇠 뒤 롱장은 대단히 세련된 멋쟁이로 격식을 매우 중요시했다. 그는 온갖 예의범절에 통달했고 자신의 실생활에 이를 적용한 것은 물론 다른 사람들에게까지도 지키도록 강요하며 잘못된 점을 즉시즉시 지적했다—이것도 그리 우아한 태도는 아니건만 이것만은 개의치 않았다. 그는 완벽한 품행에 대한 강박이 있었다. 아마 실수를 저지르느니 차라리 죽음을 택했으리라. 어느 무더운 날, 그는 사람들과 이야기하는 도중에 무의식적으로 이마에 맺힌 땀방울을 훔쳐내다가 얼굴을 붉히더니 그대로 달아나 육 개월간 사람들 앞에 모습을 보이지 않았다.

"선생이나 저나, 아마 우리라면 왕한테 침이라도 튀겨야 그 정도로 부끄러워할걸요."

"그게 책하고 무슨 상관이죠?"

"상관이 있죠! 르트루쉬 뒤 롱장이 사람들한테 강요한 것을 책을 통해 독자들한테도 강요했거든요. 그는 총 네 권의 소설을 썼고 전권이 1880년대에 출간됐어요. 그중 최고작은 바로 선생 손에 들린 것으로 1885년에 출간되었죠. 그는 저로선 알 수 없는 장치를 이용해 단정한 복장(되도록 턱시도를 입고 최소한 넥타이와 재킷은 갖춰야 하죠)을 해야만 자신의 책이 읽히게 했어요. 제대로 갖춰 입지 않은 독자는 책이 거부를 하죠. 선생도 확인하셨듯이 단어들이 빤히 보이는데도 외국어처럼 해독할 수 없는 거예요. 놀랍지 않습니까? 왕자처럼 차려입기만 하면 책이 고분고분해진다니요! 게다가 내용도 탁월합니다. 원하시면 빌려드릴게요."

"이왕이면 턱시도도 함께 빌려주시겠어요?"

굴드가 빙긋 미소 지었다.

"선생 옷장에 적당한 물건이 없다는 말씀일랑 마십시오! 넥타이 맨 모습을 자주 뵙진 못했지만 그래도 아무렴요. 양복 꺼내 입고 멋진 구두의 끈도 단정히 동여매세요. 면도도 말끔히 하고 향수도 몇 방울 뿌리시고요. 과하면 안 됩니다. 르트루쉬는 강한 향을 싫어하거든요. 만일 이 모든 것이 댁에 없다면 새로 장만하세요. 좋은 옷은 장만해두면 두고두고 쓸모가 있으니까요. 또 누가 알아요, 혹시 선생도 고상한 취미가 생길지?"

나는 굴드에게 알겠노라고, 트렁크들을 죄다 뒤지면 르트루쉬의 책을 읽게 해줄 만한 것들이 틀림없이 나올 거라고 대답한 뒤 호언했다.

"꼭 읽고 말 겁니다!"

굴드가 충고했다.

"안심하긴 아직 일러요. 잘 차려입기만 한다고 해서 다 르트루쇠의 책을 읽을 수 있는 건 아니거든요. 자세도 좋아야 합니다. 갑부처럼 입었더라도 소파에서 뒹굴면서 읽으면 책이 거부할 거예요. 안락의자에 앉아 등을 곧게 펴고 다리를 꼬세요. 품위 있게 말입니다! 방안이 시끄러워도 안 돼요. 백번 양보해서 아주 낮게 깔리는 음악 정도만 허용됩니다. 그렇다니까요! 르트루쇠의 책은 아무나 읽을 수 있는 게 아니에요!"

그러면서 굴드는 그 자신도 모두들 인정하는 품격을 갖췄음에도 르트루쇠의 독자로서 자격 미달인 적이 있었다고 밝혔다.

"언젠가 르트루쇠의 소설 하나를 펼쳐 들었는데 그만, 정말 끔찍했지요. 내용을 전혀 이해할 수가 없더라고요. 책이 거부하는 거였어요. 제가 우아하지 못했던 거죠. 순간 모든 걸 중단하고 욕실로 달려가 면도하고, 머리 빗고, 셔츠를 갈아입고, 구두에 광을 냈어요. 대개는 이 정도의 조치를 취하면 고집스럽던 책들이 스르르 빗장을 풉니다. 혹시 이걸로도 해결이 안 된다면 그날은 몰골이 정말 말이 아닌 거죠. 그땐 어떻게 해도 소용없어요. 반짝반짝 윤이 나는 새 양복도 무용지물이고요. 그땐 새로이 어디 나설 수 있는 모습이 되기를 기다리며 휴식을 취하든가 병원에 가서 진료를 받든가 하는 수밖에요."

굴드가 내게 르트루쇠의 책을 다정하게 건넸다. 그가 책을 빌려주는 경우는 극히 드물다. 나는 르트루쇠의 책을 두 번 읽었다. 굴드가 옳았다. 르트루쇠의 소설은 뛰어났다. 나는 모임에 가는 날이면 콜택시를 부르기 전에 잊지 않고 어김없이 르트루쇠의 소설 한 쪽을 읽는다. 혹시 책이 읽히지 않으면, 양복 재킷이 구겨졌거나 와이셔츠에 얼룩이 묻었거나 넥타이의 매듭이 똑바르지 않다는 표시이니, 집을 나서기 전에 거울을 다시 한번 봐야 한다.

열 개의 도시 (7)

이탈리아의 알비치아

알비치아에는 리카르도 만치안이라는 유명한 인물이 있다. 중앙 대광장에 그의 동상이 있으며, 그의 이름을 딴 길도 부지기수다. 실은 이곳의 모든 길은 광장이며 분수, 산책로, 공원, 공공건물 등과 마찬가지로 그의 이름을 땄다는 것이 더 옳겠다. 굴드와 나는 로마를 여행하고 돌아오는 길에 알비치아에 들렀을 때, 굴드가 '만치안 일주'라 부르는 경로로 이곳을 돌았다. 여러분도 언젠가 이곳에 들를 기회가 생긴다면 다음의 여정을 일종의 관광 코스로 여기고 우리의 발자취대로 걸어보기 바란다.

만치안의 동상이 있어서 '만치안 광장'이라고 불리는 대광장에서, 칠이 벗겨져서 애잔함을 자아내는 만치안 동상을 일별하며 리카르도 만치안 거리로 접어들면 옛 국립극장이 있다. 만치안 거리와 10월 16일(만치안의 생일, 출생 연도는 1899년) 거리의 교차로에서 왼쪽으로 돌아 만치안 소광장 쪽으로 걷다가, 위대한 만치안 광장(건축학적인 관점에서는 덜 흥미로운 도시 북쪽의 미니 만치안 광장과 마주보고 있다)에서 오른쪽으로 돌면 멋진 건물들이 대칭을 이루며 서 있는 육각형의 작고 예쁜 뜰이 나온다.

여기서 만치안 순교재단을 지나 만치안 가족재단이 나오면 다리 위에서 잠시 걸음을 멈추고 다리 아래로 흐르는 만치안 강물의 찰랑거림을 음미한 뒤, 만치안 부두를 따라 걷다가 1969년에 리카르도 만치안 협회로 바뀐 옛 교회의 외관에 감탄하며 감상에 젖는다. 계속해서 만치안의 사랑 부두를 따라 걷다가 리카르도 만치안 꽃밭을 지난 직후 왼쪽 골목길로 접어들어 오른쪽으로 세 번 돌면 작은 길들이 나오는데 죄다 만치안의 신체 부위에서 이름을 땄다. 만치안 팔 부둣길, 만치안 눈 거리, 만치안 배 거리 등등. 여기서 좀더 걸어가면 만치안의 죽음 산책로가 나온다. 슬픈 사건을 시사하는 듯한 길 이름과는 대조적으로 분위기가 화사한 예쁜 길이다. 이 길 끝의 왼쪽에 있는 대광장에 이르면 '만치안 일주'가 끝난다.

만일 여러분이 길을 걷다가 행인과 마주치거들랑, 이탈리아어를 조금 할 줄 안다면, 모든 길과 광장과 건물이 그의 이름으로 뒤덮인 이 만치안이라는 인물이 대체 누군지 꼭 물어보기 바란다. 대답 대신 어깨를 치키며 난감한 표정을 짓는 행인을 보며 저게 무슨 의미일까 어림짐작하고 있노라면, 이어서 잊을 수 없는 대답이 들려올 것이다. "논 소(몰라요)."

우리의 시대 (5)

도시의 이산화離散化

언젠가부터 거리의 공간이 팽창하고 있다. 다른 모든 것은 변함없는 상태에서 매일 건물들 간의 간격이 벌어지고 길거리는 길어지며 도시 근교는 도시에서 멀어졌다. 모든 것이 고무줄을 잡아당기듯 늘어나고 확장되었다. 초기에는 확장되더라도 규모가 제한적이어서 영향이 미미했다. 아침에 깨어나 자명종을 끄기 위해 손을 뻗으면 허공에서 손을 허우적대는 정도랄까. 침대 머리맡 탁자가 밤새 10센티미터 뒤로 물러난 것이다. 침실에서 부엌까지 월요일에 열 걸음이었다면 토요일엔 열두 걸음, 다음 수요일엔 열다섯 걸음이다. 이 기현상은 매우 불규칙적이어서 수주간 아무 일도 없다가 난데없이, 급격한 변화가 일어나는 식이다. 이를테면 2월의 어느 날 아침, 나는 창고에 들어갔다가 공간이 테니스장만큼 넓어진 것을 발견했고, 이웃집은 거실이 갑자기 넓어져 방을 두 칸 더 만들기 위해 칸막이벽을 쌓아올려야 했다.

　일 년 가까이 지나자 세상의 확장이 순풍에 돛 단 듯 진행되었다. 샹젤리제 거리를 따라 죽 걸어내려오는 데 이십 분 걸리던 것이 꼬박 세 시간 걸렸고, 국회의사당에서 개선문까지 가려면 불가피하게 택시나 지하철을 이용해야 했다.* 국회의사당이 있는 콩코르드 역과 개선문이 있는 샤를드골 역 사이에는 이제 열 개의 지하철역이 있고, 앞으로도 새로운 역들이 추가로 개통될 예정이다.** 480킬로미터 떨어진 파리와 리옹 간 거리에 150킬로미터가 추가되었고, 1000킬로미터 떨어져 있던 브뤼셀과 마르세유 간 거리는 이제 1500킬로미터가 되었으며, 작년에 670킬로미터 거리였던 아브르와 스트라스부르 구간은 이제 1000킬로미터가 되었다. 프랑스의 지도에 일대 변혁이 일었다. 프랑스는 더이상

---

* 국회의사당에서 개선문까지는 콩코르드광장을 지나 샹젤리제 거리를 따라 올라가는데, 도보로 30분 남짓 걸린다.
** 파리 지하철 1호선인 콩코르드 역과 샤를드골 역 사이엔 세 개의 지하철역이 있다.

육각형이 아니라 확장된 각 지역이 어떻게 뻗어나가느냐에 따라 사각형이었다가 삼각형이 되었으며, 지리학자들은 이러다가 머잖아 원형이 되리라고 전망했다. 향수에 젖은 많은 사람들이 대서양으로 팔을 뻗은 브르타뉴와 리아스식해안이 있던 예전의 프랑스를 그리워하며 한탄했다.

기이하게도 이 변형은 다른 물리적인 변화를 수반하지 않았다. 우주에서 바라본 지구는 더 커지지 않은 예전 그대로의 모습이었다. 사진작가들이 이를 증명해 보였고 우주비행사들도 우주선의 둥근 창 너머로 보이는 지구의 모습에 아무런 이상이 없다고 단언했다. 요컨대 지구가 부피는 그대로인 채 팽창하고 있었다. 모든 기하학적인 법칙에 어긋나는 이 기현상에 과학자들은 말문이 막혔고, 초등학생들은 수업 시간에 부피를 가르치는 교사들에게 딴지를 걸며 즐거워했다.

이 현상이 우리의 삶을 얼마나 혼란스럽게 만들었는지에 대해선 말할 필요조차 없으리라.

기하학과 관련된 직업이 각광을 받았다. 어디서든, 늘, 이들을 필요로 했다. 축구 경기나 육상 대회가 개최되기 전에 경기장의 크기를 다시 측정해야 했고, 많은 경우 경계선을 다시 그려야 했으며 더러는 경기장 전체를 다시 만들기도 했다. 스포츠 동호회들은 특별석을 정해두지 않고, 매 시합 전에 가설 스탠드를 경기장과 가깝도록 10미터 또는 20미터 옮겼다가 그다음 주에 또 옮기는 식이었다.

운송 관련 직업도 큰 변화를 겪었다. 오늘날 도시들이 어찌나 광활해졌는지 피자 배달원들은 더이상 소형 오토바이로 도시를 누빌 수 없었다. 그들은 대형차로 배달하기 위해 집중 연수를 받아야 했고, 피자 배달비도 이에 상응하여 올라갔다. 화물차 운전사들은 프랑스 남쪽의 마르세유에서 북단의 스당까지 물품을 운송하는 데 기간이 얼마나 걸릴지 장담하지 못했다. 화물차 운전사 노조는 늘어난 거리를 보상할 수 있도록 운송비를 다시 책정하라고 요구했다. 오늘날 내륙 지방에서는 신선한 생선을 먹겠다는 생각 자체가 무리라는 것은 하나 마나 한 소리일 것이다. 특급 레스토랑에서는 요리사가 메뉴에 올린 가자미며 대구를 특별 비행기 편으로 공수해 오는 방법 외엔 다른 도리가 없었다.

모두들 이대로 이 현상이 계속될 것인지, 만일 그렇다면 어떤 규모일지 자문했다.

이 현상의 영향을 별반 받지 않았거나 전혀 받지 않은 지역들도 있었다. 예컨대 아일랜드, 일본, 호주가 그러했다. 이곳 국민들은 자국의 점진적인 팽창이 받아들일 만하다고 생각했다. 특히 젊은 부부는 집을 구매할 때 아예 집이 가족 수와 함께 늘어날 것을 고려하게 되었다. 손바닥만한 화단이 나중에는 과일나무를 심고 아이들을 위해 그네도 설치할 수 있는 널따란 정원이 될 터였다. 반면 사하라사막 남단의 아프리카와 서아시아 같은 지역은 가장 많이 위협받는 곳이다. 프랑스를 비롯한 유럽 지역은 중간 수준이다. 영국과 스코틀랜드는 이유는 밝혀지지 않았지만 세계에서 확장이 느리게 진행되는 국가들에 속한다. 유럽 정상회담이 열렸을 때, 이 나라의 대표는 그건 영국인 특유의 침착성 때문이라고 웃으며 이야기했다.

어느 날 저녁, 르누비에 교수가 텔레비전 프로그램에 초청되었다. 그가 설명했다. "이대로 가다간 프랑스는 머잖아 아메리카처럼 거대해질 것입니다. 브레스트에서 티옹빌까지 이동하는 것이 세바스토폴에서 베링해협까지 가는 것과 맞먹게 될 겁니다.* 그렇게 거리가 벌어져버리면 중세 시대로 돌아가는 것이나 진배없죠. 지방 주민들은 파리의 공공기관들이 멀리 떨어진 것에 대해 이전보다 더 투덜거릴 것이고, 급진적인 프랑스는 연방국가가

---

* 브레스트와 티옹빌은 각각 프랑스 서단과 동단에 있는 도시. 세바스토폴은 우크라이나 크림반도의 항구도시이며, 베링해협은 알래스카와 시베리아를 잇는 해협이다.

되고 말 겁니다. 되팔 땅들은 자꾸 늘어가겠죠. 부동산 가격이 폭락하고 토지는 거의 공짜가 될 겁니다. 도시를 포함해서 말이죠. 게다가 앞으로 도시 개념이 유지되기나 할까요? 오늘은 맞붙어 있던 건물들 틈에 내일이면 커다란 구멍이 생길 것이고, 이런 식으로 모든 것이 모든 것과 멀어지겠지요. 이미 파리 근교의 도시들이 파리에서 떨어져나가고 있습니다. 이를테면 부르라렌은 현재 파리와 100킬로미터 떨어져 있고 부아시생레제는 300킬로미터 떨어져 있지만, 내일은 또 누가 알겠습니까? 도시에서는 골목길이 대로가 되고, 작은 정원은 대형 공원이 되고, 주택 단지는 주위가 휑한 작은 섬이 되겠지요. 이런 신조어를 써도 된다면 저는 도시들이 더이상 밀집화하는 것이 아니라 '이산화'한다고 말하고 싶습니다." 그의 조어는 큰 호응을 얻었다. 이제는 모두들 우리 시대의 엄청난 기현상인 세계의 이산화에 대해 이야기한다.

나는 르누비에가 한 말에 대해 곰곰 생각해보았다. 그의 논리를 이어보자면 이런 일이 벌어지리라. 우리 모두는 매일 다른 사람들과 조금씩 멀어지다가 결국에는 각자 세상 끝에서 혼자 죽게 될 것이고, 몇 주, 아니 몇 달을 걸어도 살아 있는 사람은 단한 명도 마주치지 않게 될 것이다. 지구상에 200억의 주민이 살고 있다 해도 각자 아무도 마주치지 않을 만큼의 충분한 공간을 확보하게 될 터. 예전에 예언자들은 인구가 점점 증가하면 다른 행성을 식민지화하기 위해 인간들이 지구를 떠날 날이 오리라고 점쳤지만, 그들이 틀렸다. 사실 자신만의 제국을 건설할 광활한 미개척지를 찾기 위해서는 그저 걷기만 하면 그만이었다.

쥘 베른의 작품을 표절한 소설이 서점에 등장해 대형 베스트셀러가 되었다. 제목은 『80년간의 세계 일주』. 자신의 가족이 삼대(아버지, 아들, 손자) 만에 세계 일주를 마칠 수 있다며 클럽에서 이를 두고 내기를 건 한 영국인의 모험 일대기를 다룬 소설이다. 작가는 세계의 이산화와 그에 따른 결과를 비틀어 표현하고 싶었다고 말했다. 하지만 나는 이것이 진정 픽션으로 그칠 것인지 확신이 서지 않는다. 변화는 눈 깜짝할 새에 진행되고, 집밖으로 나서는 것이 그야말로 모험이 될 날이 머지않았다. 광활한 공간이 잃어버렸던 인간의 모험심을 일깨울 것이고, 아일랜드인이며 스칸디나비아인이며 포르투갈인 같은 위대한 정복자의 후예들이 다시 발견자가 되고 탐험가가 되리라. 앞으로는 위대한 인물이 더이상 오늘날과 같은 예술가나 정치인이 아니라 용감무쌍한 여행가, 순례자, 유랑자일 것이고, 이들은 털외투를 등에 걸친 채 말린 고기를 넣은 바랑을 짊어지고 한 손엔 막대를 쥐고서 드

넓은 세상을 재발견하기 위해 길을 떠나리라.

(계속)

아주 특별한 컬렉션 (6)
요리책

굴드의 서재에는 놀랍게도 요리책 섹션도 있다. 굴드가 맛있는 음식을 즐기는 건 사실이지만 오븐 앞에 있는 그를 본 사람은 아무도 없었다. 게다가 그 자신도 요리를 싫어하는 것을 인정하며 달걀 하나도 제대로 익힐 수 있을지 말지라고 밝힌 바 있다. 무엇보다 나는 굴드가 요리책을 그의 컬렉션에 포함할 만한 책으로 간주하리라고는 전혀 생각지 못했다. 내가―드디어!―굴드의 허를 찌르게 된 것일까? 그에게 슬쩍 조롱을 섞어 이런 생각을 내비치자 그가 빙긋 웃더니 대답했다. "이것들은 일반적인 요리책이 아니거든요. 아니, 대체 무슨 생각을 하신 겁니까? 선생도 잘 아시다시피 저는 이 섹션에 평범한 것들을 절대 허용하지 않아요. 자, 이걸 한번 보시죠(그가 묵직한 책 한 권을 내밀었다). 『악몽 같은 밤의 요리』, 벨기에의 식도락가 앙리 뒤무리에의 요리책이에요. 겉보기엔 평범한, 군침 도는 백 가지 요리법이라고 소개돼 있지만 저자가 명시한 비율을 준수해서 요리한다면 밤에 눈을 감지 못할 정도로—책 제목이 여기서 비롯되었죠—심각한 위장 장애를 겪게 되죠. 자, 여기, 이것도 보시죠! (그가 다른 책을 보여주었다.) 제목은 『гастрономие фациле』, '손쉬운 요리법'이고, 저자는 무르루킨이라는 소련인 학자예요. 스탈린 치하에서 교육을 받았고 화학자, 피부과 의사, 생물학자, 식도락가의 면모를 조금씩 두루 갖춘 다재다능한 사람입니다. 이 책엔 그가 화학물질과 허브를 바탕으로 개발한, 강력한 부작용을 일으키는 110가지 요리법이 제시돼 있어요. 이 요리들을 먹으면 놀라우면서도 무해한 피부 반응이 일어나지요. 특히 장식적인 효과가 가히 장관이에요. 예컨대 피부에서 핏기가 싹 가신다거나 기하학적인 무늬로 얼룩덜룩해진다거나 얼굴이 오렌지색 혹은 보라색으로 돌변한다거나 입술이 하얘지죠. 가벼운 일시적 현상이니 염려할 건 없어요. 제가 직접 시험해보고 또 선뜻 동참하는 제 식사 초대 손님들한테도 시험해본바, 이와 같은 이상 반응은 십오 분 남짓이면 사라지거든요. 이 요리법 때문에 저녁식사 시간이 얼마나 활기차지는지 선생은 상상도 못할 겁니다! 이것 보세요. 삽화가가 왼쪽엔 요리 그림을, 오른쪽엔 이 요리를 먹은 사람들을 그려놓았군요. 왼쪽 그림은 먹음직스럽고, 오른쪽 그림은 아름답지 않습니까? 조만간 함께 식사 한번 하시죠, 제가 이 음식들을 대접하겠습니다." 굴드가 식탁에 앉은 사람들의 그림을 연이어 펼쳐 보였다. 얼굴과 손이 초록색과 노란색의 바둑판무늬로 변한 사람, 은색 점들로 얼룩덜룩한 사람, 울룩불룩 돋아난 총천연색 종기로 뒤덮인 사람 등등. 나는 질겁해서 저는 일반적인 식사로 족합니다, 라고 대답했지만 굴드는 이미 몸을 돌려 컬렉션의 다른 보물로 손을 뻗쳤다.

"이게 제가 가장 좋아하는 겁니다. 잘 보세요, 정말 귀하고 비싼 거니까요. 지기스문트 메논츠키의 『현대 요리 대개론』이라는 건데, 묵직하고 제본이 느슨하니까 살살 다루셔야 합니다. 요리법이 천 가지나 수록되어 있어요."

굴드가 책 받침대에 책을 얹었더니 아무데나 짚이는 대로 펼쳤다.

"자, 여길 보세요. 볶은 시금치와 튀긴 헤이즐넛 가루를 곁들인 달팽이 날개 요리. 맛있겠지요, 안 그래요? (그가 한 쪽을 넘겼다.) 여기는 바닷가재 허파와 초록 아스파라거스를 곁들인 황대구 요리군요. (다른 쪽.) 퐁당 오 쇼콜라와 코르크나무 크림소스. (또다른 쪽들.) 저염 송어 카르파초와 거북이 꿀 식초 드레싱. 백년산 멕시코 양고기 넓적다리와 호박꽃 파르시. 민물오징어 아니스주酒 플랑베와 파마산 치즈 과자를 얹은 크림 리소토. 튀긴 채소와 토마토소스를 곁들인 대게 넓적다리 요리. 구운 바닐라 파인애플과 사과씨 아이스크림. 적포도주와 아르마냑 브랜디에 적신 건자두. 새우 가슴살 칼바도스 플랑베를 얹은 치킨 요리와 밤조림……"

굴드가 너털웃음을 터뜨렸다.

"물론 이중에 가능한 요리는 하나도 없습니다. 아무리 간단한 요리라도 재료부터 존재하질 않는걸요. 달팽이는 날개가 없고, 바닷가재는 허파가 없으며, 백 년이나 살 수 있는 양도 존재하지 않죠. 이 책의 서문을 쓴 로바르시크라는 사람이 메논츠키가 개발한 요리는 결코 잊을 수 없는 맛이라고 적었던데, 정말이지 저도 그 말을 믿고 싶군요! 대체 이 요리들을 어디서 먹어본 걸까요? 대게 넓적다리하고 새우 가슴살은 어디서 구했고, 또 백 살 먹은 양은요? 멕시코에서 배로 실어왔을까요? 저도 한 번 메논츠키의 요리를 먹어보는 게 소원입니다. 이 책을 읽은 이후, 식당에 가면 습관처럼 메뉴판에서 메논츠키의 이름을 찾아보지만 눈을 씻고 봐도 없어요. 종업원한테 혹시 주방장이 메논츠키의 요리를 아는지, 안다면 어떤 요리여도 좋고 값이 얼마라도 좋으니 주문하고 싶다고 헛일 삼아 말해보지만 번번이 허탕이죠. 주방에 갔다 온 종업원들의 답변은 하나같이 불가능하다는 거예요. 간혹 체면을 구기고 싶지 않은 주방장의 대답을 내가 얼마나 재미있어하는지 상상도 못 한 채, 순진하게 전달하는 종업원도 있어요. 손님의 요구를 기꺼이 들어드리고 싶지만 오늘은 장에 재료가 들어오지 않았다나요."

열 개의 도시 (8)

브라질의 카오리

굴드의 이야기. "카오리는 브라질의 아마존 강 기슭 후미진 곳에 자리한 인구 1만 2천의 촌락으로 저도 한 번 다녀온 적이 있지요. 이 마을을 제 친구 에르난 수아소(볼리비아 대통령을 세차례 지낸 동명의 혁명가와는 아무런 관련이 없습니다)가 재치 있게 붙인 별명인 '푸네스시티'라 칭하고 싶군요. 왜 '푸네스시티'냐고요? 물론 보르헤스의 단편 「기억의 천재 푸네스」*에 빗댄 것이죠. 주인공 푸네스가 극히 세세한 사항까지 죄다 머릿속에 저장하는 가공할 기억력을 가진 탓에 아무것도 잊어버리지 못한

---

*『픽션들』에 수록되어 있다.

다는 이야기 말입니다. 카오리에서도 정확히 이와 같은 일이 일어나죠. 이 마을을 찾은 여행자는 이곳에서 일어난 일들을 절대 아무것도 잊지 못하는 겁니다. 스스로도 놀라운 정확한 기억력으로 모든 것이 머릿속에 각인된다고 할까요. 자, 들어보시죠, 제가 바로 산증인이니까요. 이 마을에 갔던 때가 벌써 십오 년 전으로 거슬러올라가지만, 저는 지금도 그곳에서 보고 만나고 말하고 먹고 마시고 생각한 것 전부를 분 단위, 아니 초 단위로 얘기할 수 있어요. 호텔방의 벽지 무늬며 이불 색깔이며 타고 다녔던 버스 번호까지 모조리요. 이곳에 머물던 기억이 어제 일보다 더 또렷하고, 심지어 오늘 아침, 아니 지금 우리가 나누고 있는 대화의 서두보다 더 생생합니다. 정말 당시 여정을 처음부터 끝까지 하나도 빠뜨리지 않고 완벽하게 이야기할 수 있어요. 하지만 그러자면 푸네스의 이야기처럼 제 이야기도 여행 자체만큼이나 길어지겠죠.

　제 친구 수아소는 카오리의 신비한 힘을 알고 있었지만, 기억력 이상 증진이 외부인한테만 나타나는 증상인지 아니면 카오리 주민들도 영향을 받는 것인지는 알지 못했어요. 저는 솔직히 주민들도 그러리라는 건 가능하지 않다고 봅니다. 카오리에서 태어나 한 번도 마을 밖으로 나가본 적이 없는 사람은 그럼 삶의 매

순간순간이 기억으로 각인되고 저장되어 밖으로 배출되지 않는 과거 전체를 머릿속에 품고 있을 것 아닙니까! 게다가 소설 속 푸네스의 운명을 떠올리기라도 하면…… 아니, 그건 불가능합니다. 만일 카오리의 주민들도 영향을 받는다면 틀림없이 기억의 침범에 맞서기 위한 방어 시스템을 발전시켰을 거예요.

카오리에 다녀오고 한 몇 년 동안은 그곳에 다시 가서 기억력이 열 배로 증진되는 경험을 다시 한번 해보고 싶다는 생각을 했지요. 젊은 날 시험 때 같은 순간에 얼마나 유용했을까요? 그럼 책을 들고 브라질로 비행기를 타고 날아가 카오리의 카페에서 과라나*를 마시며 특별히 암기하려 애쓸 필요 없이 한 번 죽 다시 읽기만 하면 됐을 것 아닙니까? 돌아올 때는 커닝페이퍼를 눈앞에 보는 듯 문장 하나하나가 또렷이 기억났을 테지요.

하지만 이제는 푸네스시티에 다시 가는 것이 과연 좋은 생각인지 의문이 듭니다. 지워지지 않는 기억을 가진들 무슨 소용이겠는가? 댓 이즈 더 퀘스천. 그게 바로 문제란 말입니다. 아마 아름다운 책들, 고전들, 제가 좋아하는 소설들을 가져가 손쉽게 암기할 수도 있겠죠. 그런 다음엔 필요하면 언제든 암송하고 이 책들

---

* 브라질에서 나는 빨간 열매로, 음료를 만들어 마시며 카페인이 함유되어 있다.

에 대해 누구보다 잘 알게 될 테고요. 아니면 좋아하는 음반을 가져가서 머릿속에 새겨넣은 다음 주크박스라도 되는 양 마음껏 되새길 수도 있겠고, 여자를 데리고 가서 온갖 재주를 부려본 다음 저의 에로틱한 상상이 넘쳐나는 관능적인 장면들을 기억 속에 더할 수 없이 자세히 각인하고서 노년의 추억거리로 삼을 수도 있겠고요. 십 년만 젊었어도 아마 망설이지 않았을 겁니다. 하지만 이제는 이 모든 것이 부질없게 느껴져요. 약간은 터무니없다는 생각마저 들고요. 좋은 책, 위대한 음악, 여인의 살결을 추억한들 무슨 소용이겠습니까? 죽을 때 더 행복할까요?

실은 제가 원하는 건 기억하는 것이 아니라 잊는 겁니다. 네, 그래요, 잊는 것. 기억이 수그러들고 지나간 삶이 흔적도 없이 사라지는 기억상실의 도시에 살고 싶군요. 아니, 카오리엔 두 번 다시 가지 않을 겁니다."

아주 특별한 컬렉션 (7)
증발하는 책

굴드가 마치 맹수의 소굴이라도 지나는 듯 조심조심 목소리를 낮추며 나를 이끈 이번 섹션은 자못 이상했다.

"지금 보시는 섹션은 구경거리가 별로 없어요. 진행이 아주 느려서 언뜻 보기엔 아무 일도 일어나지 않는 듯한 느낌이죠. 하지만 제 말을 믿으세요. 여기 이렇게 제가 진행 상황을 기록한 수첩도 있으니까요."

굴드가 엄지손가락으로 글씨들을 휘갈긴 수첩을 죽 훑어내렸다. 각 장의 뒷면은 가로줄 자국으로 울룩불룩했다. 굴드는 볼펜을 꾹꾹 눌러 성급하게 글을 쓰는 버릇—만년필일 때는 좀더 조심했다—이 있었다.

"말하자면 이 컬렉션의 작가들은 똑같은 강박관념에 사로잡혀 있습니다. 문장이 늘어지지 않게, 최소한의 내용만 쓰기 위해 말을 줄이고 또 줄여야 한다는 강박 말이에요. 그건 작가라면 누구나 하는 고민이 아니냐고 말씀하고 싶으시겠죠? 그렇긴 하지만 모든 작가가 이들처럼 병적으로 집착하진 않아요. 대다수는 쓸데없는 세부 묘사와 좋은 문장과 치장의 즐거움에 굴복하고 말지요. 영감이 받쳐줄 때는 저항하지 못하게 돼 있다고요. 개중엔 이렇게 굴복했을 때 최고의 대목이 나오는 작가도 있고요. 한데 제 컬렉션의 작가들은 조금의 세부 사항도 용납하지 않고 불필요한 내용은 철저히 배제합니다. 죽을힘을 다해 군더더기와 싸우고 과잉된 단어들을 퇴출시킨다고 할까요? 이들은 끊임없이 삭제하고 줄이고 재독하며 지우개질을 합니다. 거추장스러운 동작을 없애고 근육의 움직임을 최소화해서 정련의 극단에 도달하기 위해 같은 동작을 백 번이고 되풀이하는 저 운동선수들처럼 말이죠."

순간 나는 이 작가들의 진실을 꿰뚫었다고 생각했고 재기발랄한 지적을 하기 위해 굴드의 말을 중단시켰다.

"그 작가들 책은 지극히 얇겠군요. 혹시 너무 얇다못해 아예 존재하지 않는 건 아닙니까? 바로 그거죠?"

굴드가 유감스러운 표정으로 고개를 저었다.

"천만에요. 선생은 단순한 것과 빈약한 것, 훈련과 무능을 혼동하시는군요. 제가 말하는 작가들은 우리를 지배하는 문제들의 답을 무無에서 찾는 저 철학자들과는 다릅니다. 네, 이들이 넘치는 말을 절대 하지 않으려고 기를 쓴 건 사실이지만, 그렇다고 아무것도 말하지 않는 것이 해결책이라고 생각한 사람은 아무도 없어요. 그저 자신의 작품을 삭제해나감으로써 문제를 해결하려 했을 뿐이죠."

굴드는 어떻게 설명해야 좋을지 모르겠다는 듯 난감한 표정을 지어 보였다. 하지만 나는 그가 이미 일장 연설을 할 준비가 되어 있고, 난감한 표정은 다만 나의 관심을 집중시키기 위한 연극에 지나지 않는다는 것을 간파했다.

"이 컬렉션의 작가들이 추구하는 것을 한 여인이 거울 앞에서 추구하는 것과 비교해보면 어떨까요? 여인은 화장을 하고 보석을 걸칠 겁니다. 하지만 절도를 지키겠죠. 눈두덩에 아이섀도를 칠하겠지만 덕지덕지 바르진 않겠고, 귀고리나 목걸이를 하겠지만 둘 다 걸치진 않을 것이고, 머리도 공들여 세팅하기보다는 얼굴이 돋보이도록 간단히 말아올리겠지요. 이해가 되십니까? 여인이 인공적인 치장을 포기하지 않으면서 수위를 적당히 조절하듯, 제 컬렉션의 작가들도 압축과 과장, 이 양극단 사이에서 중심을 잡는 거예요. 그들은 매 작품의 황금률을 위해 매 문장마다 균형점을 찾지요. 군더더기를 색출하기 위해 친구들에게 읽히기도 하고요. 마지막 순간까지 원고를 고치고 삭제하고 줄이는 겁니다. 아주 드물게는 단어나 문장, 나아가 문단을 통째로 덧붙여 원고를 늘릴 때도 있어요. 완벽한 분량, 이상적인 부피, 합당한 무게감을 얻기 위해서죠. 가히 편집증적인 세심함이라 할까요(개중에 몇몇은 아예 병적이고요). 이들은 일단 원고가 인쇄된 뒤에도 책을 다시 읽으며 과잉된 단어들을 찾아내고 끊임없이 교정합니다. 또는 책 여기저기서 형용사 하나, 세부 사항 하나, 상세 설명 하나가 부족함을 느끼고는 질겁하여 만족스러운 결과를 얻을 때까지 책 전체를 다시 재단하기도 하고요."

굴드가 자신의 수첩을 건성으로 훑었다.

"이제 이 책들이 대체 어째서 그토록 비범한지 말씀드리죠. 사실 이제껏 얘기한 것들은 흥미롭긴 하지만 특별히 경이로운 건 아니니까요."

그가 크게 한 번 심호흡을 했다.

"제가 여기 모아놓은 책들은 작가들이 다이아몬드를 깎듯 공들여서 다듬고 또 다듬은 것들입니다. 작가와 작품 간의 결투, 특별한 대결이라고 할까요. 그런데 말이죠, 진짜 놀라운 건 바로 이 작품들이 작가와의 대결을 기억하고서 작가의 의도를 계속 이어가려 한다는 거예요. 단도직입적으로 말해, 작품들이 계속해서 스스로를 고쳐나간다는 것이죠. 인간의 개입 없이 알아서 저절로. 책들이 작가의 노력을 이어받아 점점 부피를 줄이며 변해간다고요."

내가 미간을 찡그렸다. 굴드는 나의 회의적인 반응을 앞질러 수첩을 펼치고는 자신이 기록한 것들을 설명했다.

"『풍기문란』을 예로 들어봅시다. 1966년에 출간된 앨프리드 벤더스의 심리소설이죠. 작가가 문단에 크게 족적을 남기진 못했어요. 이것 외에 소설을 한 권만 더 남긴 채 이렇다 할 성공작 없이 영화 쪽으로 방향을 틀었죠. 이 책이 제 손에 들어온 건 십구 년 전입니다. 저한테 이 책을 판매한 서적상은 매우 인색한 사내로 숫자에 철저했다고 자신 있게 말씀드릴 수 있어요. 그자에 따르면 처음엔 310쪽에 7만 5677개 단어가 수록됐었어요. 그로부터 오 년 후, 선생이 믿으시건 말건, 단어들이 7만 4886개가 되었죠. 791개의 단어가 감쪽같이 빠져나간 거예요. 이 서재에만 내내 갇혀 있었는데 말이에요! 여기엔 어떤 공작도 속임수도 조작도 없어요. 『풍기문란』은 벤더스의 완벽주의를 이어받아 혼자서 합당한 무게감에 이르는 길을 쉼 없이 걸으며 수백 개의 불필요한 단어를 덜어냈던 것이죠. 아닌 게 아니라 제가 다시 읽어보니 이편이 훨씬 낫더군요. 더 세련돼졌다고 할까요, 특히 책의 진정한 변화는 더 가벼워지고 리듬감이 생겼다는 거였어요. 이 책을 소유한 다른 이들도 저의 견해가 사실임을 확인해주었지요. 세상에 흩어진 『풍기문란』이 죄다 홀쭉해졌어요. 혹시 의욕이 나신다면 단어들의 수를 직접 세어보시죠. 아마 지금쯤 7만 4천 개 언저리일 겁니다. 놀랍지 않아요?"

아닌 게 아니라 놀라웠다. 이 현상이 너무 느려서 육안으로 확인할 수 없다는 것이 유감스러울 따름이었다.

굴드가 말했다.

"홀쭉해지는 데 몇 달, 때로는 몇 년이 걸리기도 해요. 육안으로는 증발 과정을 볼 수 없지요."

내가 책의 각 쪽을 슬라이드로 매일 촬영해서 영사기를 빨리 돌리면 변신하는 모습을 볼 수 있지 않겠느냐고 제안했다. 굴드는 좋은 생각이지만 책이 그런 작전에 굴복할지 모르겠다고 대답했다.

"제가 그간 변신하는 현장을 덮치려고 갖은 수를 썼으리라는 건 짐작하시겠지요. 하지만 한 번도 성공하지 못했어요. 한동안은 현장을 보고야 말겠다는 강박에 사로잡히기도 했고요. 매일

이 섹션에 와서 같은 책의 같은 쪽을 펼치다보니 아예 쪽 전체를 외워버렸죠. 책을 펼쳐놓고 단어들이 줄어드는 순간을 기다려봤지만 번번이 실패였어요. 결국 책들을 귀찮게 해봤자 하등 소용없을 테니 단어들이 조용히 증발하도록 그저 내버려둘 수밖에 없다는 결론을 내렸죠. 와인이나 치즈를 숙성시키듯 말입니다. 효모가 발효해 자연스러운 맛이 생성될 때까지 절대 건드리지 말아야 하고 과정을 서두르려다가 외려 아예 중단시킬 위험만 높아지니까요. 선생께 목소리를 낮추라고 청한 것도 바로 그 때문입니다. 발효중인 책들을 방해하지 않으려고요."

말은 그렇게 했어도 굴드의 수첩엔 매달 몇몇 소설의 단어들을 대조한 일람표가 있었다. 그는 또한 오 년에 한 번씩 단어들의 총계표도 작성해놓았다.

"우리는 팀을 짜서 이 일을 하는데, 정기적으로 모여 단어들의 수를 셀 때면 분위기가 여간 화기애애한 게 아닙니다. 혹시 선생도 의향이 있으시면 다음번 모임부터 합류하세요."

나는 일람표를 훑어보며 실제로 진화가 매우 더디다는 것을 확인했다. 몇 달, 나아가 몇 년 내내 쪽에 변화가 없기가 다반사였고, 그러다 어느 날 예기치 못하게 단어가 하나 혹은 둘씩 사라지는 식이었다. 굴드가 설명했다.

"대부분은 이미 줄어들 만큼 줄어든 상태예요. 혹은 드문 경우긴 하지만 늘어날 대로 늘어났든가요. 앞서 말씀드렸듯이 어떤 책들은 완벽해지려면 살이 좀더 붙어야 하니까요. 그러니 합당한 무게감을 얻는 데 필요한 변신이 점점 줄어들밖에요. 해서 과정이 더디고 조금 힘겹기까지 한 거고요. 과연 이 모든 것이 언젠가 멈추는 날이 올 것인가 하는 의구심이 들 때도 더러 있어요. 어떤 책도 진정 완벽에 이를 수는 없는 것 아닐까요? 책들의 교정은 결코 목표점에 이르지 못한 채 접점에 점점 가까워지기만 하는 점근선에 불과한 것 아닐까요? 책들의 증발은 한 방울 한 방울 영원히 계속될 겁니다. 십 년 후 234쪽에서 한 단어, 이십 년 후 67쪽에서 또 한 단어, 이런 식으로요."

나는 수첩을 대충 훑다가 몇몇 책들은 증발 과정이 보다 가시적이라는 것을 발견하고서 굴드에게 물었다.

"여기, 이걸 보세요. 이 책은 1976년에는 8만 9556단어였는데 1977년에는 7만 5089단어, 다음해에는 7만 2087단어, 이런 식이군요."

굴드가 빙긋 미소 지었다.

"네, 더러 그렇게 팔팔한 책들이 있습니다. 자, 여길 보시죠, 이 책은 더 끝내줍니다. 단어가 아니라 쪽 전체가 증발했으니까요!

굉장하죠. 1986년에는 총 226쪽이었는데, 1988년에는 무려 절반이 줄어들었어요. 제가 가장 최근에 확인한 바로는 고작 열다섯 쪽 정도가 남았더라고요. 해서 책을 서재에서 꺼내 죽어가는 사람을 산소텐트에 뉘어놓듯 금고에 모셔뒀지요. 지금쯤은 아마 완전히 자취를 감췄을지도 모르겠군요."

내가 그건 또 무슨 신기한 소리냐며 어서 설명해보라고 하자 굴드가 껄껄 웃음을 터뜨렸다.

"감이 안 와요? 이 소설들은 작가들이 방법을 몰랐거나 미처 시간이 없어 이르지 못했던 완벽을 향해 홀로 가고 있어요. 하지만 어떤 책들은 아무리 노력해도 완벽에 이를 수 없죠, 완벽해지기에는 본바탕이 너무 형편없거든요. 해서 스스로 명을 단축해 자살하는 겁니다. 당연한 귀결이에요. 이 책들은 200쪽일 때보다 150쪽일 때가 낫고, 150쪽일 때보다는 100쪽일 때가 나으며, 계속해서 이런 식으로 줄어들다가 결국 백지인 맨 앞장만 남을 때가 가장 나으니까요. 바로 이 백지가 모든 조악한 내용을 덜어낸, 완벽에 가장 가까운 모습인 거죠. 애초에 아예 쓰이지조차 않았다면 더욱 완벽했겠지만 그건 어쩔 수 없으니, 이미 쓰인 것을 모조리 되돌리는 것이 최선이겠지요."

나는 굴드의 말에 매료되었다. 퍼뜩 한 가지 생각이 떠올랐다.

"그렇다면 좀전에 제가 했던 말과 비슷한 맥락 아닌가요? 작가들이 불필요한 것을 일절 쓰지 않기 위해 아예 아무것도 쓰지 않았겠다고 한 것 말이에요."

"그렇군요. 정확히 말하자면 여기서는 허무주의를 실천한 주체가 작가들이 아니라 소설들이고요. 어떻든, 선생이 옳습니다. 좀전에 선생이 틀렸다고 한 건 제 불찰이에요. 예리한 지적을 하셨는데 말입니다."

굴드가 까치발로 책장의 높은 칸에서 작은 책을 한 권 뽑더니 내게 건넸다.

"용서를 구하는 뜻으로 드리는 선물입니다."

『이탈리아에서의 난봉질』. 내용이 가히 짐작되었다. 굴드가 으하하 웃음을 터뜨렸다.

"서둘러 읽으세요. 소비재니까요. 무를 향해 무서운 속도로 돌진하며 교정되고 있는 아주 형편없는 소설이죠."

우리의 시대 (6)

젊음

만일 누군가 최근에 젊어지는 방법이 개발된 것을 모르는 채 기나긴 여행에서 돌아왔다면, 다른 행성에 불시착한 듯한 착각이 들 것이다. 젊음의 묘약이 있다는 것을 알고 있고 주변에 이 묘약으로 인해 젊어진 지인들이 있는 나는 이 현상에 전혀 놀라지 않아야 마땅하겠지만, 그럼에도 매일 새록새록 놀랍다는 것을 고백해야겠다.

묘약이 비쌌던 초기에는 웬만한 사람들은 이 약을 경계했다. 지방에서는 회춘 따위는 스놉인 파리 사람들이나 동성애자들한테나 어울리는 거라고 숙덕거렸다. 하지만 묘약의 가격이 급격히 떨어지자 대중은 저항하지 못하고 단체로 젊어지기 시작했다. 과학기술이 완벽해지다보니 이제는 누구건 점점 더 안전하게 원하는 나이만큼 젊어질 수 있게 되었고, 오늘날은 아예 약병과 계량컵이 함께 판매되는바, 스스로 어려지고 싶은 나이—열 살, 스무살, 심지어 쉰 살까지 원하는 대로—를 선택해 그 양만큼 컵에 따라 시럽처럼 마실 수 있게 되었다. 하지만 회춘은 육체에 국한되어 정신은 늙은 채로 남는다. 젊은이의 외피에 노인의 지혜를 갖춘다고 할까. 의사들은 묘약이 인체에 무해하며 수시로 복용할 수 있다고 장담했다. 따라서 묘약 복용으로 인해 벌어지는 진풍경은 그 수를 헤아릴 수 없고 주위를 둘러보면 이것으로 완벽한 파노라마가 그려질 정도였다.

카페에 앉아 맥주를 홀짝이고 있노라면 옆 테이블에서 파스티스*를 마시며 십자말풀이를 하고 있는 여덟 살 남짓한 소년을 발견할 수 있다. 소년은 파스티스값을 지불하기 위해 지갑에서 지폐를 꺼내들고는 종업원에게 잔돈이 없다며 양해를 구한다. 그는 전혀 그 나이로 보이지 않지만 실은 마흔 살 혹은 그 이상이다.

검은색 가죽 서류가방을 들고 양복을 입은 소년들이 거리를 활보한다. 이 소년들은 실은 은행가 혹은 보험사 직원이다. 지하

---

* 아니스 향료가 가미된 술.

철에서는 청소년 외모의 여염집 노부인들이 중학생처럼 옷을 입고 귀에는 이어폰을 꽂은 채 통로에 서서, 좌석을 양보받지 않은 것과 다시 젊은 남자들의 시선을 받게 된 것에 으쓱해한다.

연극계와 영화계에서는 예전의 유명 배우들이 새롭게 경력을 쌓고 있다. 그들은 묘약을 마시고 회춘한 다음, 현재 잘나가는 감독들의 연출 아래 예전에 찍었던 영화들을 현대식 버전으로 다시 촬영한다. 소위 캐스팅 불변의 리메이크라는 것으로, 요즘 새롭게 유행하는 장르다.

초등학교에는 간혹 학생들보다 더 어려 보이는 교사들이 있는데 많은 학부모들이 이를 교사의 권위 실추와 직결된다고 여겨 사회적인 논란으로 번졌고, 마침내 정부는 교사, 경찰, 판사를 비롯한 몇몇 직업군의 묘약 사용을 제한하기에 이르렀다. 공무원 노조가 인간은 누구나 원하는 나이대로 보일 권리가 있다고 주장하며 항의했지만 법 집행을 막지는 못했다. 그러자 이들 중 몇몇이 복수 차원에서 국회의원들과 장관들에게도 묘약을 금지할 것을 촉구했다. 정치란 무릇 진지해야 하는 것이거늘, 어린애 얼굴을 한 육십대가 나라의 운명을 이끈다는 것은 이치에 맞지 않는다는 주장이었다. 이 제안 역시 논쟁을 불러일으켰고 정치계가 양분되었다. 팔십대인 진보 성향의 상원 의장이 자신의 강경한 의지를 전하고자 단번에 칠십 살을 되돌려버렸다. 다음날 아침, 그가 고교 백일장 장원 같은 외모로 아무 일도 없다는 듯 의사당에 들어서자 깊은 감명을 받은 같은 진영의 상원의원들이 죄다 그의 길을 따랐다. 지혜로운 국회로 명망 높은 장소인 상원 의사당이 이제는 금박 지붕의 유치원과 흡사해졌다. 상황을 악화시키지 않기 위해 진행중이던 법 개정이 중단되었다.

회춘과 관련해 각기 다른 선택을 하는 부부들도 적지 않았다. 아내가 기를 쓰고 젊어지려고 애쓰는 반면 남편은 은퇴를 즐기고 묘약을 거부하는가 하면, 반대의 경우도 있었다. 한창 물이 오른 젊은 아가씨와 손을 잡고 걷는 오십대 사내라든가 자유분방한 차림을 한 청소년의 팔에 안긴 성숙한 여인을 쉽게 볼 수 있었다. 어느 날 저녁, 나는 식사 초대를 받은 자리에 열다섯 살가량의 두 소녀를 대동한 한 사내와 동시에 도착했다. 두 소녀는 자매가 아니라 사내의 아내와 딸이었고, 이 사실에 놀라는 사람은 아무도 없었다. 사람들의 나이를 착각하는 일이 빈번해졌고, 재미난 오해가 자주 발생했다. 우리가 접근하는 아름다운 아가씨가 열네 살인지 예순 살인지 어떻게 안단 말인가? 대부분의 경우, 판사들은 미성년자 추행 사건에 대해선 눈감아주었다. 변호인이 선의를 유려하게 호소하기만 하면 그만이었다.

묘약이 육체에 젊음을 가져다주되 수명을 연장하지는 못한다는 점도 짚고 넘어가자. 병석에 있던 노인이 젊은이가 되었다고 해도 죽을 날이 미뤄지지는 않는다. 다만 스무 살의 건강한 신체로 고통 없이 숨을 거둘 수 있을 뿐이다. 여기서 또 한 가지 유행이 생겨났다. 운명의 순간이 다가왔음을 느꼈을 때 갓난아기의 모습으로 죽기 위해 한꺼번에 많은 양의 묘약을 마시는 고령자들이 늘어난 것. 이들을 위해 제작된 소형 관 덕분에 묘지의 혼잡이 해소되었고 장의사들의 얼굴엔 미소가 피어났다.

젊어지기를 원치 않는 프랑스인들—이들은 점점 드물어지는 추세다—은 '노화 지지' 협회를 결성했다. 가톨릭 신자들, 나체주의자들, 채식주의자들이 주축을 이루었다. 몇몇 스놉들 또한 너도나도 회춘하는 이 젊음의 시대에는 제 나이대로 보이는 것이 특별해지는 방법이요, 우아함의 한 형태라고 주장했다. 그들은 회춘이 '촌스럽다'고 생각했다. 유행을 선도하는 사람들 사이에서는 흰 머리칼과 전립선 질환이 머스트 해브가 되는 추세였다. 반反묘약주의자들은 해마다 한 번씩, 할머니의 날*을 맞아 파리 시내에

---

* 매년 3월 첫째 주 일요일. 1987년 '카페 그랑메르(할머니 카페)'라는 커피 브랜드에서 만들었다. 순전히 상업적인 목적에서 고안되었지만, 가정과 사회에서 할머니들의 위상을 높이는 데 기여했다고 평가받으며 오늘날 명실상부한 축제일

서 퍼레이드를 벌인다. 인기 작가인 필리프 미실이 그들의 영웅이다. 그는 최신작『주름』에서 회춘한 이들에게 박해받는 노인들이 땅굴로 피신했다가 카리스마 넘치는 지도자를 중심으로 항거한다는 내용의 이야기를 선보였다.

가정 내에서도 묘약은 불화를 일으키는 주요인—정치 문제와 돈 문제를 월등히 앞서는—이 되었다. 우리 집안도 예외는 아니다. 건강이 넘치고 극한 스포츠를 즐기는 회춘 지지자들과 스무 살은 인생에서 가장 아름다운 시기가 아니라고 경멸하듯 말하는 노인들로 양분되었다. 나는 이들이 같은 나이라는 것에 도무지 익숙해지지 않는다. 최근에 친척들이 모두 모였을 때 이봉 삼촌이 늘 그러듯 우리 일가의 단체 사진을 찍었다. 첫줄에 선 아홉 명의 어린이 중 다섯 명은 진짜 아이들이고, 네 명은 알리스 외숙모, 에르베 삼촌 그리고 사촌인 위베르와 리샤르다. 또 둘째 줄에서 내가 어깨에 팔을 두르고 있는 아가씨는 내 약혼녀가 아니라 엘렌 이모다. 소위 '자연산' 중에서 내 부모님은 학생들 틈에 섞여 있는 두 교사 같고, 포도밭에서 생산된 것이 아닌 모든 묘약의 완강한 적인 내 할아버지는 유행이 지난 재킷과 호두나무 지팡

로 자리잡았다.

이까지 더해 마치 다른 시대에서 온 사람 같다.

　노인 대 회춘한 사람 간의 싸움은 끝나지 않았다. 각자 자신의 입장을 견지하며 팽팽히 맞섰다. 그럼에도 묘약을 마신 이들 중에 속으로는 후회하는 사람들이 적지 않은 듯했다. 물론 그들은 시인하지 않고 매우 만족스럽다고 말은 했지만, 실은 자신의 모습이 낯설고 마음이 편치 않았다. 미국에서는 과학자들이 늙는 약물을 발명했다는 얘기도 들려왔다. 한 잔만 마시면 회춘한 사람들이 주름과 정맥류를 되찾을 수 있다는 것이었다. 그렇다면 조만간 우리는 매일 아침 향수를 고르듯 두 묘약 중 한 가지를 골라 원하는 나이가 될 수 있으리라. 젊었건 늙었건 어느 날 죽음을 맞는다는 사실은 변함없을 테지만.

　여하튼 묘약이 발명된 이후 웃기 좋아하는 사람들은 웃을 기회가 차고 넘쳤다. 그중 몇 가지만 언급해보겠다.

　―세계적인 명성을 떨치고 있는 성악가 루치아노 마르코티는 묘약 과용으로 어린이가 되었다. 그는 지금 변성기가 지나기를 기다리며 향후 오 년간의 콘서트를 죄다 취소했다.

　―일흔두 살의 르동마쥐르 후작부인은 묘약이 발명된 초기에 복용한 사람들 중 하나였다. 이후 그녀는 무도회란 무도회는 죄다 찾아다니며 되찾은 젊음을 과시했다. 그런데 아뿔사, 그녀는

그만 젊은 여자의 몸에 찾아오는 변화를 잊고 있었다. 어느 날 저녁 삼바를 추고 있는데 장딴지 위로 빨간 핏줄기가 흘러내리는 것이 아닌가.

— 예순여섯 살의 여배우 카트린 마를라크는 스무 살 때의 모습을 되찾았는데, 이와 더불어 예전에 성공적으로 제거 수술을 마친 종양까지도 되찾았다.

— 세계 최고 미남인 영화배우 브라이언 폭스는 잇새가 벌어진 치열과 여드름으로 뒤덮인 청소년의 얼굴을 되찾았다.

— 나와 가까운 사람의 얘기를 하자면, 우리 기슬렌 이모는 남편에게 알리지 않고 묘약을 마셨는데, 아내를 알아보지 못한 이모부가 자기는 홀아비에 갑부라면서 이모에게 추근거렸다.

— 어릴 때부터 추남이라 이에 익숙해진 내 의견을 말하는 것으로 이야기를 끝맺자면—내 얼굴은 나이를 먹으면서 점점 나아지는 것 같다—, 마셔본 사람들이 지독하게 고약한 맛이라고 입을 모아 말하는 이 마법의 묘약을 마신들 무슨 소용이겠냐는 것이다.

아주 특별한 컬렉션 (8)
사람을 살리는 책과 죽이는 책

1. 사람을 살리는 책

굴드가 말했다. "이 컬렉션엔 사람의 목숨을 구한 책들을 모아 봤어요. 범상치 않은 컬렉션이란 건 인정하시겠죠. 보통 익사 직전의 불운한 이들을 구하기 위해 물에 뛰어든 사람들한테는 메달을 수여하면서, 이와 비견할 만한 일을 해낸 책들에 대해선 일언반구가 없잖습니까? 그래서 제 방식으로 이 부당함을 바로잡아봤지요."

굴드가 선반에서 책 몇 권을 뽑았다. "예컨대 이 책은 희귀병에 걸린 한 사내를 살렸어요. 병이 어찌나 희귀한지 환자는 이 병으

로 고통받는 사람이 세상에 자기 혼자라고 생각했어요. 1850년
에 태어난 뱅상 마르소라는 남자인데, 병(병명은 잘 기억나지 않
는군요) 때문에 외모가 끔찍스럽게 망가졌죠. 그의 사진이 한 장
도 남아 있지 않은 것이 유감일 정도로요. 이 병은 또한 두통, 구
토, 근육 마비를 유발하고 두발의 성장을 억제했죠. 전국의 의사
란 의사를 죄다 찾아다닌 끝에 뱅상 마르소는 자신의 병이 불치
이고 머잖아 죽음을 맞으리라는 현실에 체념하게 됐어요. 그가
말했죠. '제일 견디기 힘든 건 내 경우가 세상에서 유일하다는 것
이고, 그렇기에 내가 겪는 고통이 어떤 건지 아는 사람이 아무도
없다는 거요. 치료의 희망도 없이 혼자라는 것, 그건 고통 중에서
도 최악의 고통이오.'

1900년, 쉰 줄에 들어선 뱅상 마르소는 살날이 육 개월 남았다
는 선고를 들었는데 이 무렵, 1701년에 파리에서 출간된 작자 미
상의 책 『무서운 병과 치료법』을 발견했어요. 이 책에는 그의 병
과 증상이 흡사한 병에 대한 설명이 있었고, 무엇보다 희귀한 약
초들을 달여 먹는 치료법이 제시돼 있었죠. 뱅상 마르소는 반신
반의의 마음으로 어차피 잃을 것이 하나도 없고 만일 유독하더
라도 자신의 처지에 재앙일 것도 없다고 생각하며 처방을 따랐
어요. 약사에게 탕약을 주문하고 책에 지시된 용량에 맞춰 규칙

적으로 복용했지요. 그런데 이게 웬일입니까? 탕약을 복용한 지한 달 만에 증세가 호전되더니 다시 걸을 수 있게 된 겁니다. 육개월 후에는 팔을 제외하고는 망가진 얼굴과 몸이 본모습을 되찾았고 일 년이 지나자 완전히 회복됐지요.『무서운 병과 치료법』을 모르고 지나쳤더라면 그는 그대로 사망했을 겁니다. 그러니 이 책이 그를 살렸다고 할 수 있겠지요."

나는 책을 찬찬히 살피며 군데군데 갈라진 가죽 표지를 어루만졌다. (가죽에 코를 갖다대고 곰팡내를 맡고 싶었지만 굴드에게 비난받을 행동임을 알기에 자제했다.)

"짐작하시겠지만 마르소는 이 책과 작가에 대해 좀더 깊이 알기 위해 조사를 시작했어요. 하지만 아무 성과가 없었죠. 서점이며 도서관, 대학 할 것 없이『무서운 병과 치료법』에 대한 정보를 보유한 곳이 없었어요. 세계 각지에 편지를 보내도 봤지만 허사였고요. 그나마 알아낸 정보라고는 책의 연대 정도였죠. 루이 14세 치하인 1701년에 인쇄된 책이었어요. 이 책과 관련해 뱅상의 아들인 앙리 마르소가 쓴 재미있는 글이 있습니다. 여기 발췌문이 있군요. '우리가 아는 것은 1900년―아버지가 책을 발견한 해―에『무서운 병과 치료법』이 지구상에 단 한 권 남았고, 이 책에 묘사된 병을 앓고 있는 이가 단 한 사람 있었다는 것이다. 신의 계시라는 생각이 저절로 드는 놀라운 사실은 이 유일한 책과 유일한 환자가 만났다는 것이다. 『무서운 병과 치료법』은 지구 반대편의 어느 도서관에서 영원히 잠들어 있을 수도 있었고, 어느 서적상의 창고 구석에서 무가치한 다른 고서적들 사이에 파묻혀 생쥐들의 먹잇감이 될 수도 있었다. 하지만 그렇지 않았다. 이 책은 신이 이끄는 길을 따라서 이 책을 읽지 않았더라면 목숨을 잃었을 세상의 단 한 사람, 내 아버지의 손에 들어왔다.'"

굴드가 미소 지었다.

"어째 좀 으스스하지 않아요? 신의 계시로 『무서운 병과 치료법』이 뱅상 마르소의 손에 들어간 거라면, 이 책이 지금 제 손에 들어온 것도 신의 계시일 테니까요. 이번엔 제가 병에 걸릴 때를 기다려야 하는 걸까요? 그게 아니라면 이 책을 갖고 있는 것이 무슨 소용이겠어요?"

굴드가 다시 씩 웃더니 추측했다.

"혹시 제 지인 중에 누가 이 병에 걸리는 건 아닐까요? 친구 하나가 병에 걸려서 제가 이 책으로 치료해주고 목숨을 구해준 데 대한 감사를 받는다면?"

우리는 웃음을 터뜨렸다. 굴드는 호방하게, 나는 거북하게. 그는 이어서 다른 구원의 책들을 보여주었다.

1) 『장밋빛 인생』: 미국에서 출간된 저가의 심리치료서. 전해지는 얘기에 따르면 1950년과 1965년 사이에 수백 명의 자살 기도자들이 이 책을 읽고 마음을 돌렸다고 한다.

2) 『가면이 벗겨지다』: 첩보소설. 샤를 르누비에라는 한 은행가가 이 책을 지니고 있던 어느 날, 파산한 고객이 그를 향해 총을 쏘았다. 총알이 책에 박혔고 950쪽까지 꿰뚫었다. 작가가 덜 수다스러웠던들 르누비에는 목숨을 잃었을 것이다.

3) 『성경』: 당연하지 않은가.

2. 사람을 죽이는 책

앞의 것과 반대되는 컬렉션. 이 섹션의 모든 책들은 사람을 죽였거나 죽였다고 의심된다.

굴드가 설명했다.

"이 섹션은 한산합니다, 그래서 천만다행이고요. 기탄없이 말씀드리자면, 저는 이 섹션에 오면 등골이 좀 오싹해져요. 그래서 기분이 우울한 날이면 더 나쁜 생각에 빠져들지 않도록 이 섹션은 아예 가려버리죠. 여기 보이는 이 커튼이 바로 그런 용도예요,

컬렉션을 가리고 싶으면 커튼을 치면 그만이죠."

이 책들의 희생자 대다수는 작가들 자신이다.

"책들이 작가들의 노력을 여간 요구해야 말이죠. 작가들은 책에 피땀을 쏟아붓다못해 아예 자기 자신마저 바쳐버렸어요. 여기이 책을 예로 들어볼까요? (굴드는 가장자리가 너덜거리는 허름하고 작은 책을 조심스레 꺼내들었다.)『왕의 재정』, 나탕 샤슬루로바의 역사소설이에요. 샤슬루로바는 나폴레옹 3세 내각의 해양대신의 조카였죠. 이 가련한 사내는 근 십팔 년의 세월을 이 수백여 쪽의 소설에 매달렸어요. 보통은 글을 수월하게 쓰는 작가인데 이 소설은 영 그러질 못했죠. 그럼에도 소설이 그를 붙잡고놔주질 않았고 그도 포기할 생각이 없었어요. 악전고투의 나날이었죠. 그는 밤마다 하루종일 쓴 원고들을 충분히 훌륭하지 않다는 이유로 찢어버리며 점점 성마르고 심술궂어지다가 급기야 병을 얻었어요. 하녀도 내보내고 사람들과의 교류도 끊었고요. 친구들이 그러다 미쳐버린다고 경고했지만 그는 어떤 말도 들으려하지 않았어요. 그저 죽는 날까지 고독 속에서 하루에 열다섯 시간씩 책상에 붙어 지냈고 오직 책 생각뿐이었죠. 1876년의 어느날 밤 그는 드디어 원고에 마침표를 찍었고, 다음날 아침 고생 많던 원고 더미를 앞에 두고 의자에 앉아 차갑게 굳은 채로 발견됐어요. 책이 끝났고, 작가도 끝이 났죠."

굴드가 살인적인 책들이 꽂힌 컬렉션을 물끄러미 바라보았다.

"이 책장에 쇠창살을 치고 자물쇠를 채워버릴까 하는 생각도
했더랬어요."

나는 굴드의 과장에 피식 웃고는 말했다.

"참 나! 이 작가들이 죽은 건 자기들 탓이지 책 때문이 아니라
고요. 나무꾼이 손을 베는 게 어디 도끼 잘못인가요?"

"선생은 이 책들의 유해성을 과소평가하시는 것 같군요. 선생
이 지극히 이성적인 분인지라 이 책들한테 영혼이 있다고 믿는
걸 거부하기 때문이겠죠. 간혹가다 밤에 이 방에 들르면 중얼거
림이라든지 탄식 비슷한 소리가 들리거든요. 저는 그 소리들이
책에서 나오는 거라고 확신합니다. 이 책들은 의식 속에 망자를
품고 있고, 그렇기에 잠을 잘 이룰 수 없는 거라는 걸 선생도 믿
어주셨으면 좋겠군요."

이 섹션의 다른 책들은 작가가 아니라 독자를 죽였다. 20세기
덴마크의 미술 복제품 2천여 점을 모아놓은 화려한 예술서인
『개인적이고도 보편적인 지리학』의 경우가 바로 그러하다. 이 책
은 규격부터 범상치 않다. 125×90센티미터 크기에 무게가 무려
9킬로그램이고, 하드커버의 테두리를 매우 날카로운 강철이 둘

러싸고 있다. 굴드가 설명했다.

"강철 테두리가 어찌나 날카로운지, 이 책의 주인이었던 사람이 실수로 책을 발등에 떨어뜨렸다가 무척 깊은 상처를 입었어요. 결국 감염까지 일으켰고 치료가 미흡했던 탓에 죽고 말았죠."

굴드가 강철 위의 거무튀튀한 자국을 가리키며 말했다.

"여길 보세요, 피가 말라붙어 있는 거 보이시죠?"

굴드는 이어서 다른 책을 가리켰다.

"이 작은 미사 경본 역시 사람을 죽였어요. 종전 무렵 유사시에 미사 경본의 은 잠금쇠가 무기처럼 사용됐는데, 이게 그만 불행하게도 한 소녀의 얼굴을 때려 소녀가 즉사했어요."

엔리케 빌라마타스의 첫 소설 『살인을 부르는 독서』도 있다. 이 소설은 내용 자체가 바로 독자들을 죽이는 책에 관한 것이다.

굴드가 고백했다.

"저도 이런 치명적인 무기가 있었으면 좋겠어요. 호주머니 속의 청산가리 캡슐 혹은 늘 지닐 수 있는 미니 권총처럼 말입니다. 그럼 어느 날 문득 인생을 끝내고 싶은 기분이 들 때 특급 호텔의 바에 가서 편안한 안락의자에 자리잡은 다음, 술을 한 잔 주문하고 책을 읽을 거예요. 사람들이 무심하게 제 주위를 지나다니겠죠. 어쩌면 저의 평화, 저의 평온한 문학적 명상을 존중해주기

위해 발소리를 죽이는 이들도 있을 거고요. 그들은 제가 자살중
이란 걸 모르겠지요. 책이 마지막 쪽에 이르면 제가 죽어 있으리
라는 것을요."

열 개의 도시 (9)

시칠리아의 리보니

리보니의 창건자들은 무한한 신뢰를 바탕으로, 사화산으로 여겨지는 화산 밑에 도시를 건설했다.

열 개의 도시 (10)

프랑스의 생테르미에

어느 날 저녁, 우리가 휘스트*를 즐기는 동안 굴드의 지인이 이런 이야기를 들려주었다.

"그때가 아마 삼십년대쯤이었나, 그보다 덜 오래됐을지도 모르고, 뭐, 아무래도 좋소. 나는 사업차 여행을 자주 다녔어요. 이도시 저 도시를 떠돌며 사무용품을 팔러 다녔지. 출장 계획표를 작성하는 동료들과 달리 나는 계획을 딱 잡고 다닌 것이 아니라 본능적인 직감에 따라 움직였다오. 그래도 동료들만큼은 성과를 냈고 더러 더 많이 팔기도 했지. 여하튼 어느 봄날, 정확히 5월

---

*카드 게임으로 브리지의 전신.

13일이었소. 그날 알제리 폭동에 관한 라디오방송을 들은 터라 정확히 기억해요. 나는 생테르미에라는 도시에 흘러들게 되었다오. 인구 만 5천인 도시였는데 사흘 정도 머물 작정이었소. 이제는 이름도 가물가물한 어느 호텔에 여장을 풀고서 그곳에서 다른 두 손님과 함께 저녁식사를 했지. 한 친구는 스페인으로 뭔지 모를 화물을 수송한다면서 날이 밝기 전에 떠날 거라고 했고, 다른 친구는 성姓이 르루인 생테르미에 주민이었는데 집이 무너지는 바람에 잠시 호텔에 기거중이라고 했어요. 식사가 끝나자 주인이 식후주를 줘서 셋이서 기분좋게 마시며 담소를 나눴소.

호텔방은 대부분의 시골 호텔이 그렇듯 간소하고 구식이었소. 꽃무늬 벽지에 레이스 달린 전등갓에 노아의 대홍수 때나 봤을 법한 샤워 시설까지, 마치 사라진 시대로 들어선 기분이었지요. 나는 그 이국적인 분위기가 그런대로 즐거웠소. 침대도 푹신했고. 소설 몇 쪽을 읽다가 불을 끄고 잠이 들었다오.

*

다음날, 자명종도 울리지 않았는데 여섯시 삼십오분에 눈을 떴다오. 나는 수면 시간이 시계처럼 정확하거든. 방이 큰길가에

면한 것에 비해 주위가 지나치게 고요한 게 이상하다는 생각이 언뜻 들었지만, 크게 신경쓰진 않았소. 세수를 마치고 아침식사를 하러 내려갔지요. 아무도 없었어요. 덧문도 잠겨 있고 사방이 암흑이었지. 나는 누군가 나타나기를 기다리며 텅 빈 홀에 앉아 있었다오. 십오 분쯤 지났을까. 다들 아직까지 자는 건가 하는 생각에 나는 헛기침도 해보고 바닥에 의자를 긁으며 삐걱대는 소리를 내기도 하다가 손목시계를 흘끔 쳐다봤소. 일곱시 오 분 전이더군. 슬그머니 부아가 치밀어 방으로 도로 올라갔다가 이십 분 뒤에 다시 내려왔어요. 그런데 여전히 아무도 없지 뭐요! 냅다 소리를 질렀지요. "아무도 없어요?" 아무런 반응도 없었어요. 나는 아침도 거른 채 호텔을 나섰다오.

길도 조용했어요. 지나치리만큼. 지나다니는 차도 하나 없었고. 차들이 보도를 따라 얌전히 주차된 채 꿈쩍도 하지 않았지. 버려지기라도 한 듯 말이오. 상점의 셔터들도 죄다 내려가 있고 간판의 불도 꺼져 있었어요. 일요일이나 총파업이라도 일어난 듯한 분위기랄까. 다시 손목시계를 확인하니 여덟시였소.

왠지 불안해진 나는 까닭을 궁리하며 걸음을 옮겼어요. 머릿속에서 이런저런 시나리오가 떠올랐지요. 도시 전체가 공모한 장난인가? 아니면 간밤에 모두가 대피했는데 나만 사이렌 소리를 못 들었나? 혹시 이곳에선 5월 14일이 휴일인가?

나는 문을 연 카페가 나타나기를, 마침내 사람 소리가 들리기를 기대하면서 잠든 도시 속을 걸었다오. 그렇게 얼마나 걸었을까? 광장에 이르니 분수가 있었지만 아기 천사 석상은 물을 뿜지 않았다오. 분수마저 잠이 든 거요! 나는 지쳐서 벤치에 털썩 주저앉았다오. 엄청난 피곤이 몰려왔어요. 늘어지게 하품을 하고 나니 그대로 누워서 자고 싶더군. 하지만 호텔로 돌아가는 게 낫겠다 싶어 다시 걸음을 옮겼소. 돌아오는 길이 어땠는지는 거의 기억나지 않아요. 그저 사흘 동안 한숨도 못 잔 사람처럼 연신 새어나오는 하품을 억눌렀던 것밖에는. 병이 났나? 감기인가? 생각하며 나는 얼이 빠져서 호텔로 돌아왔어요. 여전히 텅 비고 암흑입디다. 계단을 간신히 올랐지요. 아홉시 십분. 나는 옷은 말할 것도 없고 신발조차 벗지 않은 채 그대로 침대에 뻗었다오.

*

그렇게 스물두 시간을 잤더군요. 눈을 뜨니 다음날 아침이었소. 일곱시였고 날이 훤했지요. 나는 정신을 가다듬고 전날의 재난을 떠올렸다오. 욕실에서 대충 세수를 하다 거울을 보니 웬 환자가

서 있더라고요. 양복도 구겨지고.

아래층으로 내려갔어요. 계단까지 터져나오는 사람들 목소리에 적이 안도했다오. 도시가 계속 잠들어 있기라도 했다면 어찌 견뎠을지. 호텔 주인이 나를 아침식사 테이블에 앉히며 한바탕 수다를 늘어놓았소. 르루는 일찌감치 일하러 갔다는 둥, 신문은 잠시 후 배달될 거라는 둥, 계절에 비해 날이 덥다는 둥. 음식 카트를 밀고 오기에 보니 바삭하게 구운 버터 빵과 과일이 종류별로 들어 있더이다. 작은 호텔인 데 비해서는 기대 밖의 풍성한 차림이라 식도락가인 나는 와락 반가웠지요. 내가 물었소.

"어제는 어디 계셨소?"

주인이 깜짝 놀라더군요.

"어제요? 여기 있었죠."

"어제 아침에 말입니다. 내가 내려와보니 죄다 잠겼던데요. 도시 전체에 사람 흔적이라곤 없었소."

"아니…… 손님은 엊저녁에 도착하셨잖습니까!"

주인이 어깨를 으쓱했어요.

"지금 장난치는 거요, 뭐요!"

주인이 가버렸소. 나는 생각했지요. 어제의 일들이 꿈이었을까? 나는 어리둥절한 채로 크루아상 두 개를 삼키고 토스트 몇

장을 더 먹은 뒤, 사무용품을 팔기 위해 호텔을 나섰소.

*

이날 내가 달력의 5월 15일 목요일이라는 날짜를 확인한 것은 한 고객의 집에서였소. 현기증이 일었지요. 그러니까 난 꿈을 꾼 것이 아니었소. 5월 14일이 엄연히 지나갔고 내가 혼자 도시를 헤맨 것은 꿈이 아니었던 거요. 나는 한참 동안 넋이 나갔다가 정신을 차렸소. 그럭저럭 하루를 마치고 저녁 일곱시경에 호텔로 돌아와서 시간을 끌며 천천히 목욕을 했지요. 저녁식사를 하러 내려갔더니 르루가 있더이다. 그 친구가 내 테이블로 와서 함께 식사하며 집이 무너져 내려앉은 경위를 어쩌나 익살맞고 재미나게 설명하던지. 그 친구한테 전날 겪은 해괴한 일을 하소연하고 싶었지만 나를 우습게 여기면 어쩌나 겁이 났다오. 우리는 밤 열시경에 자리를 떴어요. 나는 여전히 불안한 상태였고 무엇보다 이루 말할 수 없이 고단했소. 계단 밑에서 마주친 호텔 여주인이 턱이 빠지게 하품을 하는 나를 보더니 보일 듯 말 듯 미소를 짓더이다. 나는 방에 들어오자마자 침대에 몸을 던졌소. 어디가 탈이 났는지, 꿈도 꾸지 않고 단잠에 빠져들었다오.

*

"일어나세요, 정오예요."

여주인이 나를 살살 흔들었소. 눈을 떴다오. 정오?

"설마……"

"정오예요. 토요일 정오."

"금요일이겠죠."

"아니요, 토요일 맞아요. 금요일엔 종일 주무셨고요. 우리 모두 잠을 잤죠."

"무슨 말씀이신지?"

"그만 일어나야 해요. 이대로 계속 잠들었다간 언제 깨날지 아무도 장담 못해요."

여주인이 커튼을 걷자 햇살이 방안에 홍수처럼 밀려들었소. 여자가 침대에 걸터앉더니 자초지종을 설명하겠다면서 한숨을 내쉬고는 말합디다.

"생테르미에에서는 격일로 살아간다고 할까요. 이틀에 하루는 밤이 장악해서 잠만 자는 거예요. 여기서는 다들 많이 자요. 잠자는 걸 다들 너무 좋아하죠."

"그래서 어제……"

여주인이 바로 정정했소.

"그저께요."

"네, 그저께 내가 깨어났을 때……"

여자가 내 말을 가로막았다오.

"참 이상하죠, 대개는 우리한테 전염돼서인지 외부인들도 여기 오면 우리만큼 잠을 자더라고요."

여자가 창밖을 보면서 말을 이었소.

"가끔 우리가 인생을 탕진하고 있는 건 아닐까라는 의문이 들때가 있어요. 다른 지역 사람들은 우리의 두 배를 사는 거니까요. 또 어떤 때는 반대로 존재의 절반이 제거된 셈이니 우리가 복받은 게 아닐까 싶기도 하고요. 혹시 사흘에 하루, 혹은 일주일에 하루만 산다면 더 좋지 않을까요?"

여주인이 침대에서 일어나더니 치마의 주름을 탁탁 폅디다.

"자, 이제 그만 일어나세요. 이 도시의 최면력을 조심하라고요. 만일 다시 잠들면 그땐 영영 못 깨날지도 몰라요."

여주인이 살며시 문을 닫고 나갔소.

나는 다시 잠들지도 모른다는 두려움에 그날로 생테르미에를 떠났소. 내가 여행가방을 들고 내려가자 주인이 점심식사를 준비하려고 했지요. 나는 사양하고 체크아웃을 요청했소. 영수증에 두 줄이 좍좍 그어져 있습디다. 주인이 설명하더군요.

"이틀 밤은 서비스입니다."

나는 두말 않고 계산했다오.

*

굴드의 지인은 잠시 침묵하더니 자신의 코냑 잔을 골똘히 응
시했다.

"내 얘긴 여기까지요. 나는 5월 18일 토요일에 생테르미에를
떠났소. 비가 추적추적 내립디다. 라디오를 켰소. 그런데 믿기시
오? 5월 13일에 들었던 방송이 그대로 다시 나오는 게 아니겠
소? 당황해서 손목시계를 봤더니 글쎄, 5월 13일이라고 돼 있지
뭐요! 나는 생테르미에에서 이틀을 보냈는데 그게 닷새로 변하
더니 결국 원점으로 되돌아온 거였소. 내 머리가 어떻게 됐던 걸
까요? 더욱 놀라운 건 내 시계의 문자반이, 내 아름다운 금시계
의 문자반이 열두시가 아니라 사십팔시까지 있다는 거였소! 이
후로도 계속해서 지켜봤더니 밤에는 바늘의 속도가 느려집디다."

굴드의 지인이 우리 앞에 손목을 내밀어 그 신기한 물건을 보
여주었다. 아닌 게 아니라 시간도 느리고 시침이 이상할 정도로

느리게 움직이고 있었다. 영원불멸의 느낌과 동시에 강력한 수면
욕을 불러일으키면서.

아주 특별한 컬렉션 (끝)

전지, 무덤, 실레노스

1. 전지

"제가 '전지 책'이라고 이름 붙인 이 책들을 이해하시려면 의문을 환히 밝힐 간단한 체험을 직접 해보시는 게 좋겠습니다. '환히 밝힐'이라, 정말 마침맞은 단어지요!"

가까이 다가갔을 때 가벼운 열기를 느꼈을 뿐, 내 눈엔 하등 특별해 보이지 않는 섹션에 대해 굴드가 한 말이었다.

굴드는 다소 연극적인 느린 동작으로(자신의 컬렉션에 대해 이야기할 때면 으레 보이는 동작이다) 손전등에 들어맞을 꼬마 전구를 집어들었다. 이제 막 모자에서 토끼를 끄집어낼 참이거나 칼로 뒤덮인 상자 속의 여인을 무사히 구출하려는 마술사 같은 미소를 지으며. 굴드가 전구를 선반에 주르르 꽂힌 책들 위로 가져갔다.

"보세요."

놀랍게도 필라멘트에 붉은빛이 돌더니 굴드가 전구의 꼭지를 책등에 갖다대자 불이 켜졌다.

나는 혹시 숨겨져 있을지 모를 전기장치를 찾으며 물었다.

"이건 또 무슨 마법인가요?"

굴드가 전구를 책들 앞에서 이쪽저쪽으로 천천히 흔들며 말했다. 그의 움직임에 따라 불빛이 커지기도 하고 작아지기도 했다.

"기막히지 않아요? 이게 바로 '전지 책'이에요."

내가 좀더 자세히 말해보라고 하자 굴드가 신이 나서 죄다 설명했다.

"왜 '전지 책'이냐, 그건 바로 에너지를 갖고 있기 때문이죠. 물리학적인 관점에서 보자면 말도 안 된다는 데 저도 동의합니다. 하지만 사실인걸요. 사연인즉슨 이렇습니다. 이 책들의 작가들이 작업에 열정적이어서 책에 모든 에너지를 불어넣다보니 책들에 그 에너지가 충전된 것이죠. 지금은 책들이 그 에너지를 갖가지 방식으로 방출하는 것이고요. 이 책들은 전기에너지를 방출하지만 저쪽을 보면 자기에너지나 열에너지를 방출하는 것들도 있어요. 야광인 것들도 있고요. 하지만 이 놀라운 현상을 아무 때나 볼 수 있는 건 아닙니다. 제가 만일 이런 에너지를 마음대로 재생할 수 있었다면 아마 마술사들 틈에서 큰 성공을 거뒀을걸요."

굴드가 전구를 이 책 저 책으로 번갈아 옮기며 가지고 놀았다. (미소 띤 얼굴로 "낮, 밤, 낮, 밤"이라고 중얼거리면서.)

"물론 제 컬렉션의 에너지 생산량이라고 해봐야 대단치 않고, 이 에너지로 파리 시내를 밝힐 수 있을 날도 오늘내일 오지는 않을 겁니다. 하지만 저는 보다 강력한 다른 책들이 계속해서 보완되리라는 희망을 놓지 않아요. 모든 게 가능해요. 왜냐하면 일단 0.2암페어짜리 전구가 반응하게 하는 책을 발견한 이상, 틀림없이 크리스마스 장식이나 제 자전거의 전조등을 밝힐 수 있는 다른 책들도 발견할 수 있을 테니까요. 제 궁극의 꿈은 우리집이 자체 에너지로 돌아가는 것이고, 나아가 저의 천재적인 발견과 위대한 작가들의 시적인 힘으로 각 가정이 제가 선택한 작가들의 작품을 구비한 서재를 통해 집을 환히 밝히고 따뜻하게 하는 겁니다."

굴드가 말을 멈추고는 생각에 잠겼다.

"누가 알아요? 어딘가에 원자폭탄처럼 에너지가 넘치는 폭발적인 소설이 존재할지? 만일 그렇다면 각국에서 예전의 나치 과학자들처럼 가장 유해한 에너지로 충만한 작가들을 서로 데려가려고 야단들일 테죠. 이들에게 폭탄급 글을 쓰게 해서 이들의 문학으로 군대를 무장시키려고 말이에요."

굴드는 이런 식으로, 실현 가능한 것에서 점점 멀어지는 장광설을 거드름스레 늘어놓았다. ("문학이 제공하는 무료 전기", "'석유 대 문학' 프로그램", "4000년대에는 가장 집중력이 뛰어난 천재들이 인류를 화성과 명왕성으로 데려다줄 인공위성에 연료를 제공", "책은 국가의 풍부한 광석" 기타 등등. 그는 이 모든 것을 일종의 환각 상태에서 과장된 몸짓을 섞어가며 이야기했다.) 그러더니 이 책들과 너무 오래 함께 있으면 피로해진다면서 내 소매를 잡아끌며 전지 책들로부터 멀어졌다. 그는 의심스러운 표정으로 속내를 털어놓았다.

"이 책들이 에너지를 생산하긴 하지만 동시에 독자들로부터 에너지를 뽑아내는 건 아닐까 하는 의문이 들기도 해요."

나는 집으로 돌아오자 저항할 수 없는 과학적인 호기심에 이끌려 작업실로 가서는 책상 램프의 전구를 빼내어 내가 수주째 고심하며 집필중인 소설에 갖다대보았다. 이런, 아무 일도 일어나지 않았다. 나는 죄다 쓰레기통에 던져버리고 싶은 충동을 억제했다.

2. 무덤

굴드의 서재 한쪽 작은 선반엔 오직 세 권의 책이 꽂혀 있다. 1923년에 출간된 이탈리아 작가 로마노 마르치의 소설 『유일한 사랑』, 1950년에 출간된 스위스 작가 알베르 르루의 시집 『아이리스』, 지난 19세기의 연대기 작가 이폴리트 바로니에의 일기.

굴드가 설명했다.

"셋 다 사연이 같아요. 이들은 하나같이 글을 쓰기 위해 방에 틀어박혔지요. 마르치는 호텔방에, 르루와 바로니에는 자기집 서재에. 그뒤로 이들이 방에서 나오는 걸 본 사람이 아무도 없었어요. 세상에, 그대로 실종된 거였죠! 그들을 영영 다시 볼 수 없었어요. 남은 건 여기저기 흩어진 원고의 잉크 자국뿐이었죠."

굴드가 코를 풀더니 흥분해서 말했다.

"정말 놀라운 건, 작가들이 사라진 후에도 세 권의 책—소설, 시집, 일기—이 계속해서 쓰였다는 겁니다. 원고의 쪽수가 매일 늘어났지요. 마르치가 사라지던 순간에 거의 마무리 단계였던

『유일한 사랑』은 일주일간 쪽수가 늘어났고, 1912년 8월 15일에 실종된 바로니에의 경우는 일기가 작가 없이도 12월 8일까지 계속됐어요!"

나는 어안이 벙벙하여 굴드에게 이 미스터리에 대한 개인적인 견해를 물었다.

"경찰은 사기로 결론을 내렸어요. 더 이상의 수사 없이 사건이 종결됐죠. 하지만 제 생각엔, 다른 지각 있는 사람들도 저와 같은 의견인데, 마르치와 르루와 바로니에는 실종된 게 아닙니다. 적어도 일반적인 의미의 실종은 아니죠. 그들은 자신들의 책 속으로 들어갔으니까요. 이게 유일한 설명이에요. 말하자면 그들은 책의 내부에서 계속해서 책을 쓴 거예요. 작은 상자 안에서 사지를 구부리고 있는 곡예사들처럼요."

나는 불현듯 생각이 떠올라 굴드의 말에 끼어들었다.

"그렇다면……"

굴드가 나의 당혹감을 알아차렸다.

"그래요, 그들은 여전히 책 속에 있어요. 그 속에서 살았는지 죽었는지는 모르겠지만, 어쨌든 저는 죽었다는 쪽입니다. 그들이 실종되기 전에 쓴 작품들이 그리 좋은 평가를 받지 못했고 그걸 극복해내기가 쉽지 않았을 테니까요. 『유일한 사랑』은 시베리아가 배경이고, 시집『아이리스』는 괴물들과 악마의 이미지로 넘쳐나고, 바로니에의 일기는 길고도 따분한 재앙 릴레이에 불과하지요. 요컨대 제 생각엔 이 책들이 바로 그들의 무덤입니다."

굴드가 책들을 응시했다.

"처음엔 이 책들을 묻어주려는 마음에 묘지 가격도 알아봤어요. 그러다 문득 이 책 자체로 이 작가들에게 완벽하게 들어맞는 무덤이라는 생각이 들더군요. 책 속에서 끝내는 인생, 그야말로 아름다운 죽음 아닙니까?"

그가 빙긋 웃더니 의심스러운 표정으로 눈썹을 치켰다.

"하지만 경계를 늦추지 않고 책들을 꾸준히 감시하기는 해요. 왠지 몰라도 책들한테 크게 한번 골탕 먹을 것 같은 기분이 들거든요. 더러 책들이 작가들을 불쑥 토해내는 상상을 하곤 하지요. 서재에 시체 세 구가 널브러져 있는 상상을요! 그 경우 경찰이 제 이야기를 믿어줄지, 그게 의문이에요."

3. 실레노스

"저는 아무것도 아닌 책들과 허술하고 보잘것없는 소설들, 무가치하고 별 볼 일 없지만 책 한 귀퉁이에 보물이 숨겨진 모든 종류의 것들을 '실레노스*'라고 불러요. 라블레가 예전의 약방에서 볼 수 있었던 장식이 요란한 상자들을 '실레노스'라고 불렀던 것을 기억하십니까?** 라블레에 따르면 그 상자들엔 '하르피아이***나 사티로스**** 같은 쾌활하고 경박한 인물들, 몸이 묶인 새끼 거위, 뿔 달린 산토끼, 등에 길마를 얹은 암오리, 하늘을 나는 숫염소, 수레를 끄는 사슴, 그 밖에도 사람들을 웃게 만드는 즐거운 그림들이 그려져' 있었죠(굴드는 이 부분을 외워서 인용했다). 대개는 이 상자 안의 내용물도 하잘것없겠거니 생각들 하지만

---

* 그리스신화에 나오는 반인반수. 술의 신 디오니소스의 양부이자 술친구이며, 늙고 비대하고 추한 외모와 달리 예술에 정통하고 지혜로웠다.

** 라블레는 『가르강튀아』 서문에서, 익살맞고 노골적이며 거침없는 언어로 인본주의와 진정한 의미의 도덕에 대해 이야기하는 자신의 작품을 설명하기 위해, 겉모습으로 내용을 판단하지 말라는 의미에서 추한 외모와 달리 지혜로운 '실레노스'를 거론한 바 있다. 더 정확히 말하자면 플라톤의 『향연』에서 소크라테스가 실레노스와 비견된 것을 예로 들며, 겉은 익살맞고 경박한 그림으로 장식되었지만 안에는 귀중한 약품이 담긴 약상자에 실레노스를 다시 비유했다. 소수의 독자들만이 이해할 수 있는 비유인 실레노스를 다시 약상자에 비유해 일반 대중에게 가까이 다가가려는 그의 의도가 확연히 드러나는 대목이다.

*** 새의 몸에 여자의 얼굴을 한 반인반수. 폭풍과 죽음을 관장한다.

**** 인간에 가까운 반인반수. 실레노스와 함께 디오니소스를 따라다니며 광란의 파티를 벌였다.

천만에요, 상자를 열면 놀랍게도 '방향 진통제, 용연향, 아모몸*, 사향, 사향고양이 향 같은 고급 약재와 보석, 그 밖의 귀중품들'이 보였죠. 그래서 말인데, 제 컬렉션이 바로 이 경우에 해당합니다! 제 컬렉션의 책들에서도 절망스러울 정도로 흥미로운 구석이 안 보이다가 어느 순간 문득, 기념비적인 문장이라든지 포복절도할 대화라든지 촌철살인의 표현이 발견되거든요. 물론 그런 보물 같은 구절들은 이런 데 있기보다는 위대한 작가의 명작에 포함되었더라면 더 좋았을 겁니다. 하지만 실은 이 구절들이 돋보이는 건 바로 이 보잘것없는 책들 속에서 이 책들을 빛내주기 때문이죠. 이 구절들을 발견한 사람에게는 시시한 소설이 돌연 보물 상자가 되고 딴판의 오라를 지니게 되는 거예요. 녹슬고 칙칙해지고 여기저기 긁힌 반지를 한번 상상해보세요. 하도 심하게 손상되어 한푼도 줄 수 없는 그런 반지 말이에요. 그런데 반지에서 번뜩 빛이 나서 자세히 들여다보니 다이아몬드가 세팅되어 있는 거예요. 순간 반지 전체가 다시 보이는 거죠. 똑같은 반지인데도 우아하고 아름다워 보이기까지 하고요. 다이아몬드 또한 반지에 세팅되지 않고 따로였다면 너무 작아서 아무런 가치도 느

* 인도 향신료.

껴지지 않았을 거예요. 어울리지 않을 법한 둘의 조합이 생각지 못한 아름다움을 창출한 겁니다. 자, 이게 바로 실레노스 법칙이에요. 시시한 소설과 그 속에 세팅된 탁월한 문장 열 줄. 이 열 줄의 문장이 없다면 소설은 아무런 가치도 없는 거죠. 하지만 과연 이 열 줄의 문장 또한 그 문장을 감싸는 소설이 없었던들 그토록 탁월해 보였을까요? 걸작 속에서 백여 개의 또다른 탁월한 문장들에 둘러싸였다면 이 문장의 반짝거림이 시선을 덜 끌었을 겁니다. 다른 문장들과 경쟁관계에 있으니까요. 반면 시시한 소설 속엔 이 문장들이 빛을 발할 자리가 제대로 마련돼 있는 거고요."

내가 그 빛나는 문장의 예를 보여달라고 청하자 굴드가 허름한 책 세 권을 건넸다.

"직접 찾아보세요!"

"그건……"

"실레노스가 주는 기쁨은 숨겨진 보석을 직접 찾는 데 있어요. 제가 쪽수를 말씀드리는 건 반칙이죠! 선생은 반지 전체가 아니라 다이아몬드만 보게 될 겁니다. 광맥을 찾으시걸랑 다시 오시죠."

일 년이 흐르는 동안 굴드가 내준 세 권의 소설을 열 번씩 읽었지만 나는 아무것도 발견하지 못했다. 하지만 굴드는 내게 답을 알려주느니 차라리 목을 맬 것이고 내가 혼자서 발견하지 못한 것에 지독히 실망하리라. 그러니 어쩌겠는가? 굴드의 우정에 값하려면 계속해서 찾는 수밖에!

옮긴이의 말

『아주 특별한 컬렉션』은 『육식 이야기』 『첫 문장 못 쓰는 남자』 『목마른 여자들』에 이어 국내에 네번째로 소개되는 베르나르 키리니의 작품이다. 작가란 기본적으로 자기 의견을 드러내고 자기 이야기를 하는 사람이라면, 그것을 직접적으로 이야기하느냐, 간접적으로 이야기하느냐에 따라 크게 두 부류로 구분할 수 있을 것이다. 그동안 일상적 상황에서 출발하여 우리가 한 번쯤 꿈꾸고 공상해보았을 환상적 상황을 익살스럽게 쏟아내는 일관된 작품세계를 견지해온 키리니는 후자에 속한다. "유머와 기이함의 필터 없이 나를 드러내는 것은 꺼려진다. 나도 의견이 있지만 그것에 관심이 있는 사람은 아무도 없으리라 생각한다." 스스로 밝혔듯, 그는 자칫 납작해지거나 우스워질 수 있는 '직접 말하기'를 피하고 독자에게 별도의 지침이나 기준점도 제공하지 않은 채, 통념을 뛰어넘는 독특한 인물들의 기이한 삶을 완벽에 가까운 장인 정신으로 세공한다. "글이 짧을수록, 다른 방식으로 쓰는 것이 불가능해야 한다. 표현들은 하나하나 계산되고 선별되어야 한다. 세심하게 다듬어진 금속 공예품처럼."(키리니)

제목 그대로 아주 특별한 컬렉션의 보고라 할 만한 『아주 특별한 컬렉션』에 수록된 단편들은 각각 세 가지 범주로 분류된다. 이 분류를 통해 소설의 주제와 독서의 가이드라인을 단정하게 가리켜 보인다는 점에 더하여, 모든 것을 알고 있고 안 가본 데가 없는 듯한 피에르 굴드(키리니의 독자라면 반가운 이름이리라)와 그의 놀라운 이야기를 경청하는 그의 오랜 지인인 '나'를 슬쩍슬쩍 등장시키며 소설의 이정표를 제공한다는 점에서, 『아주 특별한 컬렉션』의 세계는 보다 정교하며, 따라서 황당무계하기는 매한가지인 키리니의 전작들보다 더 깊숙이 독자를 이야기 속으로 빨아들인다.

세 가지 범주는 다음과 같다. 피에르 굴드가 엄선하여 수집한 범상치 않은 책들의 면면이 소개되는 「아주 특별한 컬렉션」, 굴드가 방문한 기이한 도시들이 차례로 묘사되는 「열 개의 도시」, 그리고 하루가 다르게 발생하는 새로운 현상으로 대변혁을 겪는 「우리의 시대」. 이 세 범주의 단편들이 교차하며 『아주 특별한 컬렉션』을 구성하고, 굴드와 화자인 '나', 이 두 인물이 같은 주제로 분류되었으나 내용의 연속성은 없는 단편들을 이끄는 지표가 된다.

전작들에서 어렴풋이 다독가의 면모를 보였던 굴드는 첫번째 범주인 「아주 특별한 컬렉션」에서 보잘것없는 작가인 '나'에게 자신의 진귀한 서재를 여러 날에 걸쳐 공개하며 애서가와 독서광의 면모를 본격적으로 드러낸다. 평범한 것을 절대 허용치 않는 이 컬렉션은 놀랍고 기이한 작가와 작품들로 넘쳐난다. 다음날만 되면 자신이 전날 써놓은 것을 까맣게 잊고서 매일 엇비슷한 이야기를 쓰고 또 쓰는 작가, 달걀을 책상에 올려놓고서 매일 묵묵히 관찰하는 내용을 천이백 장 분량에 담아낸 지루한 이야기 『달걀』(달리 다른 제목을 생각할 수 없었다고 한다)의 작가(그는 자신의 책을 쓰는 것보다 다시 읽는 것이 고역이라고 말한다), 어떤 글자를 치더라도 걸작이 써지는 타자기, 늘어지는 문장 교정에 강박적으로 집착하는 작가와 그가 죽은 뒤에도 스스로

줄이고 삭제하고 교정하는 책, 잘 차려입어야 읽히는 책, 전기에
너지나 열에너지를 방출하여 주변을 환히 밝히는 전지책, 먹으면
놀랍고도 무해한 피부 반응(예컨대 얼굴이 오렌지색이나 보라색
으로 돌변한다든가 기하학적 무늬로 얼룩덜룩해지고 입술이 하
얘진다든가)이 일어나는 조리법이 열거된 요리책, 작가가 책 속
에서 실종되는 바람에 문자 그대로 작가의 무덤이 된 책 등등. 이
보다 더 실천적이고 열렬한, 책을 향한 사랑 고백이 있을까?

두번째 범주인 「열 개의 도시」에서는 폴란드어에서 파생된 엇
비슷한 세 가지 언어가 통용되는 슐레지엔의 고란, 일체의 소음
없이 침묵만이 감도는 미국의 볼산, 건물이며 도로며 할 것 없이
도시 전체가 붕괴되는데도 주민들이 속수무책으로 방관하는 볼
리비아의 오로메, 이틀 중 하루는 밤이 장악해서 그날은 잠만 자
고 격일로 살아가는 프랑스의 생테르미에 등이 소개된다.

세번째 범주인 「우리의 시대」에서는 매일 새로운 현상이 발생
하면서 더한층 미쳐 돌아가는 우리 사회의 대변혁들이 묘사된다.
요컨대 죽은 사람들이 집단적으로 부활하는가 하면(마치 저축해
둔 돈처럼 두번째 삶의 기회가 주어진다), 내키는 대로 개명할
수 있으며(하루에도 몇 번씩 개명해대는 통에 각 사무실의 하루
일과는 명패와 명함을 교체하는 것으로 시작된다), 섹스를 하면

상대와 몸이 뒤바뀌고(보건복지부 주재로 긴급 소집된 과학자들의 연구 결과, 두 번 연속으로 섹스하면 본래의 몸을 되찾을 수 있다는 것이 밝혀지고, 사람들은 정상적인 성생활이 가능해진 것에 안도하며 환호한다), 젊어지는 묘약의 발명으로 원하는 대로 젊어지는 것이 가능하게 된다(회춘할 자유의 본보기를 보이느라 묘약을 마신 국회의원들 때문에 국회는 졸지에 아동들이 득시글거리는 '금박 지붕의 유치원'으로 둔갑한다).

무엇보다 「열 개의 도시」와 「우리의 시대」는 마냥 환상이라고만은 할 수 없는 우리 시대의 욕망과 또다른 비전을 제시한다. 우리가 부활할 수 있다면? 삶을 제로에서 다시 시작할 수 있다면? 정체성 변경의 자유를 누린다면? 어떤 사생활도 보장되지 않는 투명한 감시사회가 된다면? 젊어지는 샘물이 있다면? 키리니는 정말로 그런 세상을 만들어내고 그 결과들을 상상하면서 질문의 해답을 구한다. 요절복통의 혼란 속에서 위험과 부조리가 걸러지는 것이다. 죽음이 없다면 덜 부조리할 것만 같았던 삶이, 죽음 없이 더욱 부조리하다는 걸 알게 되며, '너도나도 회춘하는 젊음의 시대에는 제 나이대로 보이는 것이 특별해지는 방법이요, 우아함의 한 형태'가 되고 회춘이 외려 촌스러워진다.

환상의 세계를 통해 깨닫는 현실의 멜랑콜리와 골계적 특성이 강화된 이 아주 특별하고 완벽한 단편집을 통해서 키리니는 전 세대의 여러 환상소설 작가들 중에서 마르셀 에메에게, 나아가 독자에게 성큼 더 가까워진 듯하다.

장소미

지은이 베르나르 키리니

1978년 벨기에서 태어났다. 2005년에 발표한 첫 소설집 『첫 문장 못 쓰는 남자』로 보카시옹상을 수상했고, 2008년에 두번째 소설집 『육식 이야기』로 빅토르 로셀 상과 스틸상을, 2012년 출간된 세번째 소설집 『아주 특별한 컬렉션』으로 '그랑프리 드 리마지네르' 상을 수상했다. 키리니는 환상적이면서도 철학적인 단편들로 프랑스 문단에서 에드거 앨런 포, 보르헤스, 마르셀 에메의 계보를 잇는 작가로 평가받고 있다. 현재 프랑스 부르고뉴 대학에서 법학을 가르치며, 〈르 마가진 리테레르〉 등 여러 문예지에 글을 기고하고 있다.

옮긴이 장소미

숙명여자대학교 불어불문학과와 동대학원을 졸업했다. 숙명여자대학교에서 강의를 했으며, 파리3대학에서 영화문학 박사과정을 마쳤다. 옮긴 책으로 미셸 우엘벡의 『지도와 영토』 『복종』, 카트린 팡콜의 『악어들의 노란 눈』 『거북이들의 느린 왈츠』, 필립 베송의 『10월의 아이』 『포기의 순간』, 마르그리트 뒤라스의 『부영사』, 마르크 레비의 『두려움보다 강한 감정』 『그때로 다시 돌아간다면』, 앙투안 콩파뇽의 『인생의 맛』 등이 있다.

문학동네 세계문학
아주 특별한 컬렉션

초판 인쇄 2017년 2월 10일 | **초판 발행** 2017년 2월 24일

지은이 베르나르 키리니 | **옮긴이** 장소미 | **펴낸이** 염현숙

책임편집 손예린 | **편집** 신선영 오동규 | **독자모니터** 이희연
디자인 강혜림 최미영 | **저작권** 한문숙 김지영
마케팅 우영희 정진아 김혜연 | **홍보** 김희숙 김상만 이천희
제작 강신은 김동욱 임현식 | **제작처** 한영문화사(인쇄) 경일제책사(제본)

펴낸곳 (주)문학동네
출판등록 1993년 10월 22일 제406-2003-000045호
주소 10881 경기도 파주시 회동길 210
전자우편 editor@munhak.com
대표전화 031) 955-8888 | **팩스** 031) 955-8855
문의전화 031) 955-8896(마케팅) 031) 955-7972(편집)
문학동네카페 http://cafe.naver.com/mhdn | **트위터** @munhakdongne

ISBN 978-89-546-4422-8 03860

www.munhak.com